赤い豚たち

宋燦鎬《ソンチャンホ》 著
韓成禮《ハンソンレ》 訳

붉은 돼지들

書肆侃侃房

人の生から遠く離れたと思われる所で、
文字と虫を区別できない幸せな時代に
永遠に留まれることを願いつつ。

——私の息子へ、そして息子の子孫たちへ——

もくじ

三．赤い目、椿

五．桃色のナマクシン

六．冬の旅人

赤い豚たち

The WORK is published under the support of THE DAESAN FOUNDATION.

装　幀　成原亜美（成原デザイン事務所）
装　画　ありかわりか「風の跡」

一・土は四角形の記憶を持っている

疫病が広まっている

疫病が広まっている　遠くの木魚の音が
だんだん近くに聞こえる　皆急いで家に帰り
ドアを閉めて鍵をかけ　耳を塞ぐ

病気を追い払えるなら
壁を立ててその絶壁ごとに
力を込めて刀で経を刻む

ほどなくして顔を深く隠した病人が通りの向こうに現れた
どれほど叩いたのか目と鼻と口の崩れ落ちた
千年前にすでに流失した木版本の顔
自分の首を切り落として釈迦の頭を載せていたが、それさえも切り落とし……

彼が頭から被った物を脱いだ
頭の落ちた魂の無い首に明るく丸い月を載せて！

彼は横を通り過ぎていった　月が通るように！
刀を後ろに隠した
遠くで朗々と経を読む声
ふっと止んで

彼が今日処刑されたという知らせを聞いたのだが
今夜そこにも月が昇るだろう

母は丸い

明かりを灯せば果実が赤く熟れるように
光が丸く思い出の部屋を包み込む
思い出の監獄　思い出の力が
そうやって果実を丸く熟れさせた

果実を二つに切る時、思い浮かぶ白い顔たち
思い出の明かりを点けて果実の中に入っていく
果実が燃える

私の体を包む数千数万の火の輪
母は丸い
母を拒むことはできない

土は四角形の記憶を持っている

埋葬地の人々が土を掘って彼を封印してしまう
たやすい外科手術を終えたようにここに彼は眠る
時折顔を隠した人々が
そこに据えられた碑銘を読んでいく

土は四角の記憶を持っている
堅固なバラの囲いを破壊する銃砲の香ばしい轟きと
冷蔵庫の中で凍る角ばった肉の塊の冷えた欲望と
忘却を吸い込む四角い黒のインク瓶と
本を消す四角い消しゴム

長い間転がっていた丸い車輪が四角い車輪になって止まるように

死は人生のかたちを完成させるものなのだ
未来を予言するように彼の地に花を投げ入れる
未来は死んだ　生きている者たちは決して未来に到達できない
けれども生きるということはどれほど煌びやかな限界なのか
その完成のために
世界を殺せないことを知りつつも日々殺人を夢みることができるということは
廃虚の中で生きているということは
忘却の中で私たちが殺人者であったことを悟らせることなのだ
豊かな果実を見るたびに
彼の腐った顔を思い出すように

ここに彼が眠る
今もなお冬の雨が降り
土は四角形の記憶を持っている

希望

鉄塊は打たれた回数を覚えているだろうか
槌を持つとしたら私は何を作り出せるだろうか
私にそんなささやかな権力が授けられるなら

希望は国家と法を作り出せる
願うならば　どこでも希望区域を宣言できる
希望区域から陽炎のように揃って沸き上がる地下の生活者たち

希望はあらゆるところに群れ集まる　司祭が肥えた食堂の主人に見え
その食堂の食べかすを舐めながら
希望がどのように飼育されるのかを見た

この野郎、と刃向かっても判事は絶望に向かって希望を宣告し
医者は絶望に向かって希望の診断書を送付して
長い廊下を歩いてくる希望の足音
ドアをノックする希望の気配のする音
その顧問技術者の鞄の中にはどれだけ多くの希望が入っていたのか
一方では機械を止めて工場を占拠し
他の一方では水と電気を断って通信まで遮断しても
それでも希望は人形工場のソン社長の味方である
彼は今日もどこかに美しい人形たちを売り払った

これで戦争は二度と起こらないだろう
(軍隊を経験した人々は皆予備の軍服を持っている)
その多くの産業予備軍の中から私に通知が届いた
私は今日前線に向かう　まだ来ぬ列車を待ちながら
駅の片隅で私は　しばらく会えないであろう
永遠に会えないかもしれぬ人たちに手紙を書く

……このひと時だけは職業と階級を混同してもいいと思える幸せな瞬間なのだ

それでもこの巨大な都市で食べて寝て仕事もできる
こんな部屋が一つだけでもあるということがどれだけありがたいことか
女は相変わらず希望を語りながら股を開いた
一日の仕事を終わらせた男たちが暗闇のようなその通りに向かって集まっていく

月明りは何でも曲げて作る

月明りは何でも曲げて作る
花の香りを曲げて蜜を作り
葉を曲げて屋根を作り
水を曲げて滴を　宝石を作り
遥か遠くのシルクロードを曲げて　ラクダの背中を作って乗っていき
口の開いたアサガオを曲げてよじれた気管と食道を作り
黒く熟れていくブドウの舌先を曲げて死の甘味を出し
女が体を曲げて子どもを作る間に
硬い約束を曲げて指輪を作り

長い回遊の時間に　月明りはどんなものでも曲げた
言葉を曲げて象徴を作り

月を曲げて象徴の監獄を作り
この世界を丸く完成させた

月が丸く見える
月が輝く瞬間　世界はなくなってしまう
世界は明るい月明りの中に隠されている
月が横に少しずつ動くように
精巧な言葉の仕掛けが少しずつほどけている

長い間　言葉の道を歩んできて
初めて出会ったのが人間だった
言葉はこの世界を訪ねてきた見慣れぬ異邦人だ
話をするたびに言葉は
この世界をさらに見慣れぬものにする

人工の庭園

誰が苦痛をあんなふうにたやすく空中に浮かべることができたのだろうか
月は今悲劇で満たされている

月は乳房が三つ付いた女性であり
死の生産様式であり

一つの子宮の中で生成と消滅を繰り返し
破壊と伝説を繰り返す月は
両性だ　月に口づけすれば私の体の中の女性は死ぬ

暴力は短い口づけや古い比喩だけでも
世界を殺すことができるが死は悲劇の完成ではない

ただその死を通して
違う悲劇の扉へと入ることなのだから
あの完全に近い死も　一度破壊された
言葉の原型を回復させることはできない廃墟　あの日以来

私たちは月の人工の庭園
一度に数百万の集団を収容できる
言葉の操作で作った人工の庭園

暗闇が月を包むように象徴の飯や比喩の服で
生は死に閉じ込められ　その死によって生は照らされているから

死から人工呼吸器を外すように　言葉から
飾りのような装置を外せば
(死ぬだなんて、初めて言葉に命が宿るように
私は再び生まれるのに！)

酒、惑わされる他はない

壺いっぱいに言葉を注いだ
壺の中で言葉が渦巻く
ただ、口の部分には届かないだろう、だから
外へは出てこないだろう

外に出ないように言葉は壺を
引っ張り上げる　あなたの魅惑の唇で
私はもう一度死を呼び出すだろう
死は服を着せられるだろう　気づかれないように
巧妙に死は再び誰かの一生の住処になるだろう

ひっくり返った盃が記憶を取り戻す

ある時は覆面をして　ある時には不在者だったあなた
今はあなたの唇に監獄が集まっているのだろう

言葉、触れれば腐敗する
監獄になる
しかし惑わされる他はない

再び盃を空にする　すべての言葉が
彼らが生まれた場所へと戻っていく
魅惑の泡と唇だけを残して

動物園の檻越しの一頭の花

あの奴隷商から花の香りがする
腰を曲げてその強いにおいを嗅ぐ
ああ、思い出す　私の体から奴隷のにおいがする

花の中に閉じ込められたライオンが泣き叫んでいる　その時
私たちはライオンが花のように咲いている、と言う
花は華やかに咲いた廃墟
私たちはそこで失った王冠を探す

この花は誰の赤い頭なのか、一筋の疑惑のように
ふいに首を上げて振る赤い言葉
そんな風に赤く染まった言葉までも

赤に
染めてから言葉を処刑するために

動物園の檻越しの一頭の花
花に餌を投げ込む
花から
ライオンに素早く変貌する言葉
言葉はどれほど食欲に満ちているのか
動物園の檻越しの一頭の花

手

海岸に食べ残された骨が一皿　座礁した筏のように
引っかかっている　朝が来るたび私はガラス瓶を一つずつ海に流す
行きつく海岸もないのにこのガラス瓶の手紙をどうやって読めというのか

私は自分の手を見下ろした
数え切れない海岸への波が積み重なって貝殻のように寂しい手
手は明日について何も聞かなかった

ただ私は、一つの灯りを大切に胸にしまっていた
一度もたどり着けない海岸に向かって航海しながら老いたとしても
老いても消えない灯り

いつの間にか私は地の果てに立っていた
夜通し海を飛んできた鳥たちが窓を叩く
透明な海岸が近づいて来ることも知らずに

二・一〇年間の空の椅子

足の鎖を引きずって歩く道

炎の中で鉄鎖を引きずる音が聞こえる
車輪はぬかるみにはまってびくともせず
冬の霧の熱くはれ上がった足の裏が
あちこちに黒く焦げたパンのようにひっくり返っていた
遠くに蜃気楼のように教会の屋根が浮かび上がる
しかし私はいつも罪の列車に乗り遅れるので
無許可の宿屋の前を長い間うろついていた
漂う炎がその木の葉を奪っていった
間もなく私は最後のマッチに火を点けて昔の恋人を呼び出した
石の塊をどれほど抱いていれば温かいご飯に変わるのか
その人が近づいてきて冷たい私の体を抱いてくれた
私は幸せの屋根という屋根を皆愛した

絶え間なく工場の煙突に道を尋ねた
けれども私はどんな道も密告できなかった
短い航路だったがすべての道は
私に借りを返すよう催促する権利があった
一度も温かく迎えられることのなかった男から
残ったスープのような歌が流れてきた
日雇い労働者たちが鉄の串でゴミ箱のような口を
開けてこわばった洞窟を取り出した
死者はいつも無言だ
相変わらず火の中から鎖を引きずる音が聞こえ
冬の霧の腫れあがった足の裏があちこちに
黒く焦げたパンの耳のようにひっくり返っていた

工作の都市

暗闇の中で灯りは瞬く間に低い家を建てる
灯りに照らされた臆病な窓ガラス
窓ガラスに商人が粘り強くしがみつく、　彼は鞄を開けて見せた
滑らかに恐怖が流れていく

必死に　狂気を隠すためにしばらく揺れる
貧民街に流れ込んだ窓の外のあの狂った灯火
しかし修行僧さえ、　この窓ガラスは通り抜けられなかった
パンが皆黒くなっていく
金持ちたちは雲の上から降りてこない

暗闇の中から乾いたマッチが引っ張り出された

一瞬きらめいた灯りの中から飛び出した真っ青な木の葉が
素早く財布の中に隠れた
深夜の工場は大きく見える、工場の灯りが恐ろしい
あのくぼんだ目をした野良猫、
貧民たちの屋根の上を歩く

忘れてはならない記念碑、灯りが逆さまになっている
窓の外の都市は、皆逆さまに見える
死者が浮かび上がる
彼は何も繰り返さない

帽子

私はある密告者を知っている
ほら、彼が息を切らして走ってくる
すでに彼の頭からパンを焼く匂いがする

耳から一握りの小銭がこぼれる
さあ、見てごらん　こんなにもよく焼けて……
でも残念だけど、私はこのパンを帽子にして被らねばならない

私は帽子の前でいつもためらう
美しい女、美しい家の前でためらうように
私は帽子を一つ選ぶ、そうして
素晴らしい一冊の本に出会うことができる

しかし、私たちにもいつか別れる日が来るだろう
私が疲れた体を横たえる時　それは
頭の上にゆっくりと持ち上げられるだろう
死んだ蝶をつまみ上げるように

ほら、誰かが息を切らして走ってくる
見よ、新しい人に出会う時の私の挨拶は
これをいじり回して喜ぶのだ
この敬意を
パンを焼く匂いのするこの帽子を

靴

私は鳥かごを一つ買った
それは革でできている
暴れる私の足にはめるために作った小さな監獄だった

最初、それは足より大きかった
しばらくばたばたと監獄を引きずり回したのだが
監獄は小さくならなければならなかった
鳥が飛ぶときに靴を隠すように

鳥かごに帽子や雲を詰め込んでみる
でも彼らは丘を忘れて麦畑の畝を数えずに飛びはしない
鳥かごには小さな餌箱と穴がある

それが鳥かごを美しく見せているのかもしれない

私は今日新しい靴を買った
それは雲の上に載っている
私の靴はまだ水に濡れていない一隻の船

ある時は束縛であり、またある時は自分勝手な人生の片隅で
私は時々、老いて頑固な私の足を慰める
長い間使ってきた古い浴槽のような靴を脱いで
鳥の肉体の中に足を詰め込んでみる

氷の文章

誰が踏んだせいで階段があんなに曲がったか、悪魔の仕業？
曲がっても再び元に戻るあの頑強な悪魔の階段
私は階段と戦う

治せない　托鉢僧の硬くなった足の裏よ　修行僧の石頭よ
穢れた性病にかかったその女を放してくれ
臭いのする陰部よ　腐っていく足よ、この結婚式に来て楽しんでくれ
この悲惨で不在の棘が突き出るように、乱暴だが私はその棘で
夜を刺してまわる　その棘で刺したすべての赤い夜を誓約する
ああ、不在の処女地！　私は新婦を連れてその夜の谷を越える

……それから、結婚式が終わってそんなふうに決まった

埋葬地に二つの体を寝かせた　限りなく低くゆっくりとした歌声
墓場の人々によって私は彼女の体の中に埋葬された
私の不在がそれほど重かったのか、あのぞっとする不在の頂上
私は死んでいるのでその階段を元に戻してみせることさえできる

無題

誰がこのろうそくに火を点けることができたのだろうか。植物はガラスの中で眠っていて火薬はまだ激しい爆発を知らずにいた時、結婚式は盛大であった。招待された不在者たち、数えられた金、遍歴のない靴、十年間の空の椅子、ばら撒かれた伝染病、そして休日ごとに繰り返される地上と教会のゆるぎない結婚式、結婚式は終わった。精肉店も工場も立派に完成した。再び新婦を連れて隊商は遠くの国へと結婚式を引き連れていくだろう。

……私の新婦よ、私にもこんな結婚式を用意しておくれ。この光、曲がった盃をあなたに傾けて流れていき、この体はガラスのように冷え切った床に落ちて転げるだろう。

太陽が高く浮かび上がりました

太陽が高く浮かび上がりました
空中には彼の専用機が浮いています
彼が降りてきます
アイスクリームで作った
この都市で最も高い
ビルのてっぺんを味わうために
太陽はひどく太っています
彼はコメディアンですから
彼の太った体は彼の権力なのです
太陽がとても高く昇りました
世界は明るくなりました
太陽の中から掘り出した石炭があちこちにこぼれました

まもなく待ちに待った病院が出現しました
そこには有名な医者がいます
不治の病と闘うために
患者である私の妻もライオンのように飼育されます
あの高い空中には熱いベッドがあります
そのベッドは冷えることがありません
私は這い上がって倒れ　横になります
太陽が高く浮かび上がりました
彼の専用機が空中に止まり
彼がはしごを下ってきました
彼は裸足です　ある時、彼の裸足が
彼を有名にしました
屋根が悲鳴を上げます
彼の足の裏はまだ聖者そのものですから

遠くで汽笛が鳴った

遠くで汽笛が鳴った
都市は歓迎に浮足立つ
いくつものホテルは
一晩で
厩舎に変わった
その列車で立ったまま眠った

その列車には美しい監獄がある
速力は美しい
ふと、その美しさが車窓を遮った

列車には老いた火山もある

時々彼は若い頃を思い返す
ある時彼の職業であった
黒い噴火口を覗いてみた
喉の奥にアスピリンを呑み込む

その列車はいつだって騒がしい
革命家たちは前の席を好む
この短い列車で
一瞬のうちに
私たちは最後の王を選ぶ
まもなく彼の首が必要な時が来る

その列車ではたちまち新しい恋人ができる
退屈なときには好きな場所を
足蹴にせよ
すぐにベッドが跳ね上がる

速力との愛が急速に深まる

列車は休みなく走る
けれどもどんなに速く走っても
速力は金持ちと
貧乏人を逆さまにしたりはしない

いまだにその列車の先は見えない
もう少し速いスピードを得るために
誰かが少しずつ金を集める

列車は汽笛を鳴らす
豚たちの声がかれる
車両ごとに不安が渦巻いている
ああ、その尊い酒も
すでに血まみれになった

窓ガラス

朝になれば彼女は私の家に
訪ねてくる　コートを脱いで掛け
掃除を始める
洗濯をして
湯を沸かし
家具を磨いてようやく
横になっている私に視線を送る
私は彼女には三番目くらいの家具なのだ

室内の家具と物はたちまち
ガラスに変わってしまう

今日は室内の
雰囲気をガラスに変えたかったの
ガラスは汗を流さない
ガラスはうめき声を上げない
私はまもなく病気が治って起き上がることができる

と彼女が言った
私には何も見えないけれど

私の部屋には二つの窓がある
私はいつも横になっていなければならず
一度もその窓を開けたことがないが
彼女が帰っていった後で、
正午の充満した外の空気が
どれほど室内をのぞき込みたかったのか
私は感じ取ることができた　まるで私に

二つの乳房が膨れ上がるように

石

石を石で打つ
硬いものは硬いものによって
治めるほかはない

どこから飛んできたのか
一人の女を打ち倒した
むごい石ころが一つ

長い間握っていれば手の中の石も温まる
石の中を流れてゆくいくつかの毛細血管
石にも耳があるのか、波の揺れる音がする

傷付いたものたちだけの集まる川岸
砂利の地面に石の転がる音
丸く似かよった石ころが一つ、また一つ
長い歳月　向かい合って座っていた

三．赤い目、椿

箱の中から取り出したとても古い話

私の家にはとても古い染みがある
拭いても拭いても取れない
黄色い臭い、黄色い跡の

私の家で一番古いのはその健忘症だ
かさかさと健忘症はハッカの臭いを放っている
坊や、この飴をひとつやろうか。
いいえ、おばあさん
おばあさんはすでに十年前に亡くなったじゃないですか！

犠牲

私はもうこれ以上
鹿を
ノスタルジアと呼ばない

これからは血の約束の
できる話だけをしよう
縛り付けられた鹿と
その前に置かれた鋭利な刃物と
白い風呂敷と共に準備した器を

遠足に来た人文主義の子どもたちが
やかましく喋りながら白い鹿の丘を越えていく

再び四月がやってきた
子どもたちが踏んでいた
角の切り取られたその場所に
青々と新たな芽が出る

ろうそくの火

ろうそくの火が無ければいかなる奇跡も考えられぬ
私は暗い祭壇の前へと進んでいった
その時、私は寒くて貧しかった　青く凍った手をしきりに擦ったので
敬虔に両手を握っていることもできなかった
ところで　どれほど手を擦り合わせていたのだろうか
その時　本当に奇跡のように握った両手の中にろうそくの火が灯った
周りで誰かがそれを見ていたら、私の手には何もなく暗く見えただろうが
若き日、その時私が祭壇に捧げることができたものは
ひたすらその貧しさだけだった
いつの間にか私の腕は立派なろうそくに変わっていた
私は膝をついて暗い祭壇の前へと進んだ
肩に熱く流れ落ちるろうそくと重い燭台を載せるために

私、椿を見にいってくる

そこには革命家たちが群れ集まっていたそうだ
五千ウォンのドリンクチケットだけあれば
暖かい窓辺に座って
燃え上がる氷の宮殿を見ることができるという
白紙一枚さえあれば
鉛筆の先から恋が生まれ
いまだに詩でパンを焼くこともできるそうだ
ある有名な思想家の回顧録も
そこで執筆されたのだそうだ
静かな午後には赤いキツネが
音もなく庭を横切っていくという
進む道は違っても、暴走族たちの

人生の目標も結局はそこなのだそうだ
そしてそこには相変わらず美しい
葬儀の風習が残っているという
東南の風
風の綱に
首を掛けては
命が皆
ぷつっ、ぷつっと落ちていったという
私は面会に行く
椿の刑務所へと

皿という名の女

ある時までその女も炎の娘だった
彼女の一生は火花だと信じ
愛だけがただ不純物のように
彼女の一生に混ざっているのだと思っていた

女はいつでも熱心に皿を洗う
泡の中で女は少しの間幸せになる
泡の中に失くした指輪を捜すように
皿の唐草模様がふやけた彼女の手を撫でる

そんな彼女がしばらく外出して窓際の
私の好むテーブルに座って

本を読むのを見た　私はしばらく穏やかな笑顔だけを浮かべて見せた

女の爪の中に染み込んだ玉ねぎのにおいが漂ってきて
たとえ彼女が読んでいる本の中から私の嫌いなカレーが
こぼれたとしても私は笑顔だけを浮かべて見せただろう

他のせっかちな客のように
従業員を呼びつけてこんなふうに大声をあげることもなかった
この、食べ終わってよごれた皿を早く片付けてもらえないか！

私はただ静かに向かい側に歩み寄って
さりげなくこんなふうに囁いただけだった
ご婦人、今自宅で緊急事態が発生したそうです

午後六時、マヨネーズの軍隊が攻め込んでくる
トマトの軍隊が攻め込んでくる

その残酷な夫と子どもたちが攻め込んでくる

椿の花をぱっと

とうとうライオンが跳ね上がり
花をぱっと咲かせた
虚空への四つ足
虚空からの赤いたてがみ

私は急いで文章を完成させなければならない
風があの椿の花をかじって
地面へと飛び降りる前に

春の夜

古いボンゴ*を走らせて田舎の市場を
あちこち回りながら魚屋をしている友人が
約一年ぶりに夜遅く訪ねてきた

毎年春になればあの裏庭の柿の木にウグイスのやつが訪ねてきて
何日も何日も夜通し血を吐きながら鳴いていったりする
すると枝ごとにこんなふうに物悲しい柿の葉が生えてくるのだが

この柿の葉の茶がまさにそのウグイスの舌を引き抜いて淹れた茶だ
私のような傷付いた人間の
心を落ち着かせるのにぴったりだろう

友人も頷いた
そうだ、その痛ましい人生を落ち着かせてくれるもの！

眉毛が白くなるまで互いの
話をする　明け方早く
その友人は尚州市場*へとふらっと出ていった
玄関の傍に鯖を数匹こっそりと置いて

〈訳者注〉＊ボンゴ：ワゴン車の商品名。
＊尚州市場：慶尚北道尚州の市場。

春の日

春の日　私たちは豚を引いて川辺に行くことにした
いや違う　その豚は病気になったと言って
自分の尻の肉を数斤*切って送ると言った

私たちは川辺に鉄板を置いて肉を載せた
熱い鉄板の上を春の光がじりじりと射す　本当に春だった
川を渡って白い木綿で装った蝶がひらりとやってきた
その日に限って豚肉を焼くにおいがこの上なく香しかった

もう私たちも不惑の歳になった　若き日は過ぎ去った
目を洗っても本が暗く見える
息切れもするようになった

もう若き日は過ぎ去った
ある時は文字で世界を変えようとしたことがあった
未だに麻痺していないのは流れるあの川の水だけだ
言うまでもなく
このおいしそうな肉のにおいで鼻の病気が治ればいいのに

これ以上人が来るのか、あの蝶
十里*向こうの桃の花の咲いた村に　友人を呼びに行ったまま音沙汰がない
川の水に散る桃の花の様子がその便りだ

春の日に私たちは川辺に行った　その日
豚の喉を切る時の叫び声は聞こえなかった
桃の花の流れる水に盃だけ浮かべて帰ってきた

〈訳者注〉＊斤：重量の単位。肉の場合六〇〇グラムを一斤とする。
＊里：距離を表す単位。日本では一里約三．九二七キロメートルであるのに対し、韓国では一里が約三九二メートル。ここでは韓国の一里で表している。

カラタチの垣根のある果樹園

黄色いタクシーに乗って秋が来た。しかしあんなにもあどけない秋は初めて見た。秋は流行っている最新の結婚式用礼服を着ていた。新しい腕時計、新しい靴、黄色いすっきりとした蝶ネクタイがつまらない人生から逃避しようとする彼をかろうじて引き止めているように見えた。

新しい靴に土が付くのを避けながら、その間抜けな秋は道がわからずしばらく果樹園の裏口をうろついていた。その時私は見た。カラタチ*の垣根の向こうのリンゴの額が赤く染まっていくのを。やがて秋が垣根を越えて手を伸ばした。刺そうか、刺そうか、カラタチの棘のためらいがはっきりと見えた。それもそのはずだった。りんごを育てたのは棘であって、その棘の手で、風の中でゆりかごを揺らして果肉を洗ってやった。

そうだ、もう育ち切ってその果肉の大きさだとか、胸にあるかわいらしい太陽の黒点のような秘密の話だとかを、カラタチの棘以外に誰が教えることができるだろうか。

それを知ってか知らずか、カラタチの棘は相変わらずせわしく針仕事の仕上げをしている。りんごをもぐ前に果肉に着せる最後の華やかな衣装を完成しなければならないので。

ああ、しかし青春に何の罪があるというのか。秋はすでにりんごの甘さを味わっていて、生きることの誓約などはすでにこの季節からも、あんなに遠く後ずさりしながら逃げているのだから。

〈訳者注〉＊カラタチ：ミカン科の落葉低木。枝は緑色で棘がある。実は球形で芳香があり黄色に熟すが酸味が強く食べることはできない。生け垣などにされることが多い。

アンズの木

これ以上背が伸びなくなって　彼はすぐに
自分が背中に斧を打たれた傷で大きくならない
村の入口を出たところのアンズの木と同じ身の上だということに気が付いた
彼は村の入口に三年間ぞんざいに
立たされていた　ふざけて彼の腰には
赤いペイントが塗られた　それで彼のあだ名は
郵便ポストだった　そこで
彼が気付いたのは　愛の手紙は
毒薬で書かれているということだった
彼はいつも垢の染み付いた雲の帽子を被っていた
いや、その時は革命期だったので雲の帽子が

彼の頭を覆っていたと言った方が正しい
彼はある時、都市に出て行き「セミ」という愛称の
人妻と付き合った　彼女は安っぽい夜の世界の歌手だった
その後も彼の背は伸びなかった
彼の曲がった脊椎を医者は生活の構造的な
問題のためだろうと言った　それもそのはずだった
彼が生前にその目で見た新しい法律や制度は
バービー人形ミミちゃん*に人格権と
投票権が与えられた程度だっただろう
しかし最近地球上で風邪が
絶滅したという医学の研究報告を彼が知ったとしたら
この世界が少しずつ改善されていると感じただろう
数多くの幸運が包装されたまま
彼の人生を覗き見たけれども彼は決して、
その箱の意味に気づかなかった
人生とはそういうものなのだ

窓ガラスを拭いて
花壇に水をやって
客の靴をきちんと整頓していた彼は
ただの名もない田舎の旅館の主人としてだけ記憶されている
彼の顔をはっきりと覚えている人もいないだろう
彼がどうして時々にっこりと笑ったのかはなおさらわからないだろう
希望が乱舞していた時代
心底からの不幸な顔を見てきた、幸せだったその男

〈訳者注〉＊ミミちゃん：韓国でのバービー人形の名前。

四・猫の戻ってくる夜

昔々、私の故郷に初めて電気が通った頃

中庭の隅のオシロイバナ*は黄色、朱色、赤色、色とりどりの電気が通ったと喜んだ。

柵のキュウリの蔓は五燭の光を放つ黄色いキュウリの花なんかがたくさん咲いたらいいなと言った。

鶏小屋の下のヒキガエルは、じりりと青い電流の流れるハネナガキリギリス*でも続けて食べさせてもらえればいいなと言った。

そして貧しい私たち家族、遅めの夕食に虫の集まる電球の下に輪になって座り、真鍮の器いっぱいに茹でたジャガイモでも続けて食べさせてもらえればいいなと言った。

そして貧しい私たち家族、遅めの夕食に虫の集まる電球の下に輪になって座り、真鍮の器いっぱいに茹でたジャガイモでも腹いっぱい食べられたらいいなと思った。

その年の夏、ついに味噌壺の置き台の横のサルスベリ*にも電気が通った。

ようやくこれで花が風で折れたり枯れたりする心配がなくなった。

天気の悪い日にも花軸にスイッチを付けてサルスベリを付けたり消したりできるようになった。

〈訳者注〉*オシロイバナ：オシロイバナ科の多年草。夏から秋にかけてラッパ状で紅色や白色、絞り等の花が咲き続ける。江戸時代、種子の白い粉をおしろいの代用に使用した。
*ハネナガキリギリス：平地の草むらに生息し、日本では北海道のみに分布する。オスは日中によく鳴き縄張りを形成する。
*サルスベリ：夏から秋にかけて白色や紅色の小花を付けるミソハギ科の落葉広葉樹。幹は薄い紅紫色で樹皮は剥がれやすく滑らか。観賞用として庭で栽培されることが多い。

蝶

蝶は瞬く間に
ジャックナイフのように
羽を畳んでは伸ばした

到底、彼が人生から逃亡することなどありえない
ただ花から花へと
悠々と飛んで行くだけなのだが

数えきれないほどの目が見ている
この真昼に
蝶は花から財布を盗み出した

花畑で

濁って乱れた季節が再び訪れ、遠くの山のカッコウが一日中鳴きかわす。

マツバボタン*は黒い足の爪を切ってやり、ケイトウはできものを見てやっている。

横になった妻の口はさらに乾き、舌が蝶のようにひび割れる。

ものぐさな午後を引きずって畑に出たが、牛角の犂《すき》で足を怪我しただけで帰ってきた。

ずいぶん前から貧しさがやってくると言ったが、歓迎はできそうもない。

犬と猫の行き来する崩れた垣根も未だに直しておらず、あのきれいな花畑での生計の目途もまだ立っていないのだから。

雨はいつ降るのか
ほら、洗濯物を取り込まないと
物干し竿の端のカッコウは鳴き声が枯れてしまった。

〈訳者注〉＊マツバボタン：夏に赤、白、黄色などの五弁花を咲かせるスベリヒユ科の一年草。茎は地を這い多数の枝に分かれる。

春

このもの寂しい季節に国境を越えようとヤマバト*が飛んできて
ポッポーと鳴きしきる春の日
山の稜線のケンポナシ*の木々も禁煙区域をこそこそと降りてきて
煙草を一本ずつ吸っては帰っていく手持ち無沙汰な昼下がり
君が来れば一緒に茶を淹れて飲もうと汲んできた谷間の薬水も一度沸騰してからあっさりと冷めていく午後。
遠くに村の入口の見える中庭の隅で、私はこの椅子に座っているが昨年の今頃から腰が悪くなって、私ももう部屋に戻って休まなければならない午後遅く

どこかでまた春が転覆したようだ。

けだるさにスジボソヤマキチョウ*が一羽
古くなった花のクレーンを引いて
がたがたと丘を越えていく。

〈訳者注〉*ヤマバト：山林に住むハト。キジバトやアオバトのことを指す。
*ケンポナシ：クロウメモドキ科の落葉高木。初夏に小型の白い花が集散花序になって咲く。秋に直径数ミリの果実が熟す。また根元の枝も同じ位の太さにふくらみ、ナシ梨のように甘くなり食べられる。
*スジボソヤマキチョウ：アゲハチョウ上科シロチョウ科ヤマキチョウ属に分類されるチョウの一種。全体に薄い黄色で、前翅と後翅が一箇所ずつとがっている。翅の中央に一つずつ白点を持つ。

記録

いったい書記になった者の責務とはどんなに煩わしいものなのか。いつだったか私は道に迷ったゾウの群れを　白い紙の上を渡って行かせたことがあった。

私は彼らの数、年齢と性別、牙の長さと重さ、群れの指導者の癖、移動経路などを記録した。

そして彼らの長く皺の寄った鼻で奪い取ったもの――安全ピン、金髪の人形、かつら、コーラの空き瓶、探偵用の虫眼鏡、野球のサインボール、サンダルの片方、煙草のパイプ、テロリストの覆面といったあらゆる文明の残骸も詳しく記録した。

彼らの足は太くて丈夫だ。ぶどう酒を踏みつけて膨れた大地の足の甲に注ぎ、ざらざらした木の枝と根を噛んで、葉緑の工場を動かし、鎌のように曲がった巨大な泌尿器で穀物をなぎ倒す。

彼らは故郷を失うということがない。黄昏が訪れれば彼らは喉仏と声帯を使って彼らの愛する楽器、チューバのデルタへと、全世界に散らばったゾウたちの千の川を呼ぶ。甘いひざの関節の泉がシロアリを呼び集めるように、ダイアモンド鉱山が拳銃使いを呼ぶように。

紅海が二つに割れる朝、裂けた帆船のような耳をばたつかせながら白い群れの大陸が、新しい道を探してゆっくりと移動していくのを私は見た。

カンナ

ドラム缶を半分に切って伏せて、カンナはここで歌を歌った
緑のギター一つで、銭入れを前において
歩いては止まり、聞き手がいなくてもいつも
薄赤く首の腫れたカンナ
彼女のロードマネージャーの古い旅行カバンは
軒下であんなに雨に濡れて泣いているのだが

そしてカンナは日暮れになればこの窓辺に座り
時折、朦朧を一杯だけ飲む
体がもうあんなに赤く
夕焼けでちりちりに焼けているのだが

拍車のかかった重い鉄の靴をはいてカンナは
歳月の走馬灯を殴った
杉木の森がビュービューと過ぎ去っていった
緑のギターがヒヒーンと鳴いた
青春もとうに垣根を越えて逃げてしまった
三流の人生はそうして軒下に丸くうずくまり、初老を迎えるものなのだ

ここにしばらくカンナがいた。
このドラム缶の植木鉢にしばらくカンナが座って、去って行った。
誰にも知られずに一晩、ノロ鹿が寝て去った、カンナの
赤い血の朝があった。

猫

ここに競売に出そうと思う古い花瓶があります
もう折れた花枝から生臭いにおいがしなければ、誰も目もくれません
だから誰があの花瓶の口に水を注ぎますか

シーッ、今は猫哲学の時間です、前足を
きちんと揃えて座って、角の穴を見つめています
多分今は、去ってしまった狩猟の時代を思っているのでしょう
私たちは皆、暗闇と寒さに追われてきた群れなのです

ひとときは、部屋の中で寝転んでいた毛糸の夢想家とよく遊んだものです
めまいがするほどの速度で迫るタイヤとひやっとする恋もしてみたのです
このごろはとみに、四ツ足の付いたものに信頼の情が行くようです

四ツ足の椅子に軽く飛び乗って、毛糸のない
毛糸の箱に入って行き、時々甘い昼寝を楽しみます

アッ、しばしわき目をふる間に部屋の隅、手鏡、家の鍵、金魚鉢の中の魚
が消えてなくなりました
せき立てて問うても、ぶつぶつ毛をなめるだけで、知らないと嫌々をする
ばかりです
ぴくぴくする耳、丸い瞳……、そんな短い舌でそれらを皆、どこに隠した
のでしょうか

カバン

カバンがカバンの中に囚人を隠して
脱獄に成功したというニュースが
市内で広く伝わった

教導所の警備員たちは、それをただの
サイ皮のカバンだと思ったと言っている
ひと時、カバンの中が草畑であって
川の水でいっぱいに腹を満たし
鼻息熱く反芻していたなどと
誰が知るかと言う

ぞっとする話だ　脱獄した囚人が街中を引っ掻き回して歩いたりしたら

森に逃げたりしたら
雲の中に隠れたりしたら
ツノのあったところがむず痒くて
稲妻で熱く額を焦がしたりしたら
しばらくは自分のカバンを用心深く見る人が増えるだろう
鍵と財布と身の回りの物がきちんと入っているか
もしかして、荒い息の音が微かに聞こえたりしないか
そして花に出会えば駆け寄って、その垢の付いたクチバシを
擦り付けたりしないかと

猫の戻ってくる夜

猫の戻ってきた夜

口の中の生臭さをすすいで
月の浮かび上がる窓際
その横に座る

困まっていることは言わずに
手を舐め
ひっきりなしに背中をすり寄せる
この心の生臭さをどうするのか

私は軒先の月の戸棚を開け

きれいに洗った
皿を一つ取り出す
今晩はあげるものが
何もない
この白くて丸いものでも舐めておいで

凍死者

相変らず男は雪の女王を待っている。今や部屋はほとんど氷河で覆われた。あっちの部屋の片隅で焼酎一本、ラーメン一人分の補給物を積んだ砕氷船が何回か進もうとしたが戻っていった。

一つ不吉な事件があった。暖房の配管をいじったのか部屋の床下を通った潜水艦が機関故障を起こして数百メートルもの氷の下に閉じこめられたという話だ。ああそうか、それで煉炭ボイラーが凍って破裂したんだ！

男は服を幾重も着こんだ。目の前で幻のように、北極の白クマが部屋を横切って行く。そうだ、今は狩りの季節！男は白樺の柄の壁紙をきょろきょろと見回す。あの森の簡易避難所のどこかに火薬とロウソクを隠しておいたはずだが。

しかし時はすでに遅かった。もう女王がやってくる時間だ……女王は白い血を一滴垂らして、みすぼらしい服数着のかかったカビの生えた壁紙の部屋の風景をあっという間に美しい雪原に変えた。男の顔にも血が回ったようだ。女王とのキスを思い出すように、口を開けて目を半ば開いたまま。

もしかしたら凍死とは、この季節の女王が低く吐き出すか細い溜息のようなものなのかも知れない。とにかく男の葬式には青い棺を準備しなければならない。この時代に凍死者が出るのは珍しいことだから。死んでも金持ちたちは貧乏人たちに混ざろうとはしないから。

鞭を振り回して、馬車がもっとスピードを出せるようにしなければならない。時間の前では女王も老いる。女王の顔も溶けて消える。

老いた山桜

老いた熊は、これからは冬眠から目覚めても洞窟の外に
出ないと決めた
洞窟で足の爪なんかを切りながら寝転びつつ
余生を終えることにした

ところがまた体がムズムズする
背中や肩が赤くなる
そんな時、ふと背中を揉みながら戯れた山桜を思い出す

ある時、熊と山桜が私たちの目にとまった
互いに痒い所を掻き
背中を揉んで戯れているのを見られたのが恥ずかしいのか

熊は山桜の後に隠れ、山桜は熊の後に隠れて
その風景が山桜なのか熊なのか、見分けが付かない

私たちはしばらく山登りをやめて辺りを見回した
腰が腐って折れた老いた山桜が
熊の足のように太い、倒れた枝に花を咲かせ
私たちの前に差し出していた

クジラの夢

私はいつもクジラの夢を見る
いつかクジラに出会ったら彼に渡す
水を吹き出す小さな鉢植えを一つ育てている

深夜に、私は深海のクジラの放送局に周波数を合わせて
彼らが同僚を呼んだり餌を探したりする時に歌う
暗く美しいハミングに耳を傾けたりする
晴れの日なら遥かに望遠鏡を鼻先にかけて
水平線を越えていくクジラの行き先を見守ったりする

誰かがこんなことを言う　クジラは消えてしまったと
そんな大きな夢はすでに存在すらしていないと

けれども私は海の飲み屋に座って今でもクジラの話を聞く
タツノオトシゴたちが真珠の谷を発見したんだって
イソガニの家族が新しい干潟の家に引っ越しするんだそうだ
ほら、鉢植えから噴水がもうこんなに噴き出ている……

私にはまだ多くの日々が残されている　明日は五馬力の動力を
さらに船に載せよう　壊れた波の窓ガラスを取り替えよう
あの海底を泳ぐ魚雷の子どもたちの手をつないで
矢のような速さで海峡を渡ろう

誰もがそうであるように私にも一つ夢がある
白い水を噴き上げる鉢植えを一つ背中に載せ
幼いクジラになって帰ってくる夢

コスモス

去る八月、アラビア商人が訪ねてきて
コスモスの秋の新商品を紹介していった
相変らず細くて長い花軸と、
蜂蜜のにおいのする花は
密教にさらに近くなったように見えた

ところが私は首の細い花に対しては、
長く眺めてから　光る砂利を
一つずつ載せておく癖がある
コスモスがまさにそうだ

秋の運動会の日のような朝

学校に行く小僧っ子たち何人かを見物人にして
休みなしに風に揺れるあの花のなめらかな踊りを見よ
やっと貧しさの臭いから脱したと思われる
人生の午後、振り返れば若き日は美しい

コスモスの村役場への出勤初日
初の日課が、空の下の奥地の花園をすべて数える仕事だった
二十一歳の地方行政書記補佐

風のターバンがすべて解けて秋が長くなる
一体、あの深く青い秋空の痛点はどこなのか
私は今日、遠くまで歩き回って生活の関節が
全て抜けたような膝を静かに呼んで
コスモスの道に従って膝にいい注射を一本打ってもらいにいく

万年筆

これで何ができるというのか。万年筆の先、こんなに小さくて短いシャベルの刃を私は今まで見たことがない。

ある時これで虚空に頭の大きな釘を打って酒に酔ったネクタイや雲を掛けておいた。これで競売に出す死んだ馬の頭と目に化粧を施す美容師の仕事もした。

またある時、これで謹厳な将軍のひげを書いたり豊かなオウムの舌の役割をしたこともある。それから今はこれで公園墓地の仕事を得て碑銘を刻んだり、時々遅い後悔の文章を書いたりもする。

そうして日差しの柔らかなある秋の日の午後、私は眉毛の黒いひまわりの種を割って食べながら、ひまわりのその黄金の円盤に刻まれたパーカーとかクリスタルとかいう輝く万年筆の時代の名前を思い出してみる。

私は、古い万年筆を撫でまわしながら過ぎし日の習作の人生を振り返る――万年筆は白紙の壁に幾度も頭を小突く。万年筆は真っ暗な白紙の中へと入っていき、眠れぬ長い夜を明るく照らす――こんなレトリックはすべて苦痛の過去の話だ！

しかし私は机の引き出しを開けたり閉めたりするたびに独りでに転がるこの忘れられた筆記具を見ながら、時々はこんな思いに浸ったりもする。泡がぶくぶく湧き上がるこのインクの沼に一匹の青いワニが住むのだと。

秋

ポン！　さやから飛び出した豆が胸をかすめると、びっくりした雉が向かい側の森に飛んでいってケン、ケンと鳴く悲しい秋だった。

ポン！　さやから飛び出した豆が尻を打つと、初潮の来た小娘のようにびっくりした鹿が血を一滴こぼし、向かい側の谷間に必死に逃げる秋だった。

イノシシの群れは、おととい、きのうと月夜に寝転んだ人参畑を思い出し、人里離れた豆畑には目もくれずに通り過ぎる急斜面の山裾の秋だった。

来年になればこの豆畑もほったらかしの荒れた畑になると言った腰の曲がった豆畑の主人は、今は山裾の丸い白いキキョウの墓がずっと良いと言った。そして今年の収穫は黄豆で二枡ぐらいにはなるとにっこり笑った。

とにかくまだ日差しが残り、まだ殻竿で打たれていないさやがポン、ポン、その殻を開いて豆粒をいくつか力の限り遠くまで飛ばす秋だった。

豆鳥よ、お前は今までそこで何をしていたのか　さあ早く豆を拾いに行かないか、サルナシの実の蔦の上に止まっていた豆鳥はみつかったのが恥ずかしいのか、本当に豆鳥ほどの胸をドキドキさせる秋だった。

空き家

屋根の下の納戸に住んでいた頭痛が
ばらばらに散らばるのを最後に
その家は空き家になった

家具を運び出し、広くあらわになった壁は
長いためらいの末に
左派として残ることを決心して

ツタたちが上ってきて壁越しに見た
美しかった二階の窓は
全て天国に行った

そして、居間に一人ぼっちで残った古いピアノの
鍵盤を猫たちが踏んでいっても
怒鳴りながら追いかけてくる人などいない
時間のワニがすでにピアノの中を
すべて食いちぎって沼に引き返していき
隅に捨てられて泣いていたろうそくの火も
空き家になってからの最初の夜が
夜明けに連れていったのだろう

いつのまにどうして知ったのか
野宿していた雲が集まってきて
屋根に、窓に、木に、やぶ蚊の群れのようにまとわりついている

時々風が木を揺らし
彼らの退去をそそのかすが、浮力を失って
漂うものたちにそれが何の意味を持つのか

撤去員たちが押し掛けてくる時まで
しばらくの間彼らは少しも動かないだろう

冬

これは冬との契約書です
死んだ庭を一つ買ったのです
そうして慌てて室内へと駆け込んできました

冬は進展のない話に似合う季節ですね
けれども人々は時々今が冬であることを
忘れてこんなふうに聞いたりします
私の家の風刺はどうして背が伸びないのかね

冬はいつも本当に長いですから
笑いながら歌って騒いでくたびれたのか、子どもたちは
今から目を覚ます種の入口に集まっています

窓の外の庭はいまだに眠っています
私はしばらく金づち仕事をやめて深く物思いにふけります
花が咲いて鳥の啼く箱
この箱の取っ手をどちらに付けるか考えなければならないので

草原の光

あれは六月だったのでしょうか
あなたが私を軽く押したのでしょうか
それで草原にごろんと横になっていたのですが
草木が私を叩いたのです
背中にぱしゃっと、緑草の汁がつきました

私には理由のわからない涙がじいんと浮かんで
すっくと起き上がり、私はその広い草原を
ひたすら駆け抜けたのです
緑の靴が脱げてしまったことにも気づかなかったほどに
息は荒く風に髪はもつれました
私はその時、もう少しで愛に捕らわれるところだったのです

丘に立つニレの木*はすべてを見ていました
真昼の熱気の中で
緑が尾の短い鳥たちを叩きました
背の低いスミレの花も叩きました
さらに深く遥かな場所に疾走する
ある一筋の青春の光がありました

〈訳者注〉＊ニレ：ニレ科ニレ属の落葉高木。山地に生える。樹皮は灰褐色、葉は卵型でざらつく。春に葉が出る前に黄緑色の小花が咲く。

ケイトウ

ケイトウ*の頭に血を一升注ぎこむ桂冠式の日だった。

嵐で遠くに飛んだ傘を捜しに、少年の虹が旅に出る日だった。

ユスラウメの木陰に捨てられたハーモニカも、腐った奥歯で明るく笑う日だった。


遠くて近い所からケイトウの同窓生たちが訪ねてきて、お祝いをしてくれた日だった。

鳳仙花、トウキンセン、千日紅などで構成された壺置き場楽団の賛助公演も開かれた日だった。

ケイトウたちもおとなしくしていられなかったのだろう、日曜会所属のケイトウ派の画家たちも風景画を数点残した日だった。

これ、つまらない物ですが、と言って近くのスーパーの後援で
バッカス*も一本ずつ配られる日だった。
今日は本当におかしな日だね、どうして短くて赤い頭のチンピ
ラがここにたくさん集まったんだ？
汗をだらだら流して蝶の検針員があちこち刺して回る長い長い
夏の日だった。

〈訳者注〉＊ケイトウ（鶏頭）：ヒユ科の一年草。夏から秋にかけ、赤・桃色・黄色などの花穂ができる。その形状がニワトリの鶏冠に似ていることからこの名がついた。花期は六月から九月頃。
＊バッカス：韓国の有名な疲労回復栄養ドリンク。

五．桃色のナマクシン

金銅半跏思惟像

遠くから見るとそれは金色であった
谷間へ降りてみると
笹藪の茂みの間で
とある金銅の仏像が
しゃがみ込んで用を足していた

ある寺から捨てられてしまったようだ
金粉は全部剝がれて
鼻と口は壊れ
その快便の表情をすべて読むことはできなかった

ただ一縷のかすかな微笑みのようでも、うめきのようでもあるそんな表情が

半跏思惟の表情よりさらに長く保たれた姿勢ではないかと
しばし思ったりもした
行くべき道は遠かった
谷間を抜け出て振り返ってみると再びそれは金色であった

安否

君よ、私の脇腹から流れ出るサイレンの音を聞いて
遠くから私を訪ねてくるとしても
今回の人生は終わるようだ
血はすでに刀を捨て
暗い路地へ逃げてしまってここにはいない

君よ、私はあれほど永く変わらぬ不朽を愛したのに
次第に重くなる瞼
赤い夜が来るのだ
バラを愛したロバ*が
背中にバラを一束背負って通り過ぎる

〈訳者注〉*ロバ：韓国の画家である史奭源（一九六〇～　）の作品「花とロバ」。

桃色のナマクシン

愛しい人が新しいナマクシン*を買ってきた
私は、ああ、うれしいと
足の爪を切り
かかととくるぶしを削り
新しい靴に足をぎゅうっと差し込んだ

それから私はついて砕いた
ケイトウの汁を
ナマクシンの鼻に擦り付けた
足にマメができて血が滲み出ても
この踊りを止められないと予感しながら
愛しい人はただ愛だけを発明したのに

〈訳者注〉＊ナマクシン：木を掘って作り、雨の日などに履いた韓国伝統の履物の一種。

キツネの毛のマフラー

確かに女が男を押したようだった
列車が入ってきている線路に
またたく間に人たちが集まってきて
あふれ出る涙の合間に、女は
男が足を踏み外したようだと言った
それなら私の見間違いだったのだろうか
もっとも私は愛や貪欲なんかを
運命を前にして一度も押してみたことがないから
女は、花火のようなキツネの毛で作った
マフラーを巻いていた
顔は白く爪は長かった
もう一度よく考えてみると

多くの罪を犯した女には見えなかった
ただ熱い炎を首に巻いているだけだった

バラ

私は雷を土の中に植えておき
それがすくすくと育って
垣根のバラのように
赤く燃え上がるのを望んでいたが

雷は目に見えない
音だけ大きくなって
天に帰って行ってしまった

それから私は緩い恋心のクモの巣を張って
クモの父となり
朝露を集め始めた

いつか再び窓と屋根を揺らしながら
雷を鳴らしながら帰ってくるのなら
棘を新婦にして
私はあなたのやせた首に
澄んだ露を編んで掛けてあげよう

鬼が棲む

彼は戦争と独裁の時代という過去からやってきた
ある葬儀屋が釘を打ち損ねた
大地の棺から
辛くも抜け出してきた

乱れた髪
真っ暗な夜を千も見てしまったような窪んだ目
しかも長く体を洗ってもいないようだった
紺碧の理念のカビが
醜く体中を覆っていた

彼は時に誰かと話しているように

ひとり言を言った
肩の上の虚空に
バナナやリンゴを渡してやったりもした

しばらくの間、街をうろつきまわってから
ショーウインドウの鏡の前に至り
自分の肩が少し傾いていることに気づいたようだった
彼はにやりと笑い、右肩の上の鬼を左肩に移してまた座らせたのだった

雪だるま

時間に追われ息を切らして列車に飛び乗った時
私の隣りの席の窓際には
雪だるまが座っていた

うだるような真夏の夜なのに、雪だるまは暑そうには見えなかった
冬に見た姿そのままで
毛の帽子をかぶりマフラーを巻いていた
汗も流していなかった

雪だるまの姿は何と言うか、
とても長い冬の戦争に敗れて
やっと故郷に帰る

傷痍軍人のようだった
ある年、その前年の冬の選挙に負けて白い包帯をしていた人たちの姿のような

雪だるまは私に向かって一度かすかに笑ったようだった
蒸すような暑さの中でも
彼の白い血が流れて
椅子のシートを汚すことはないだろうと言っているようだった

それだけで私たちは互いに話さなかった
列車は真夏の夜の
零時に向かって果てしなく走った

どれぐらい走ったのだろうか　うっかり居眠りして目が覚めると
隣りの席は空いていた
彼はどこで降りたのか
毛の帽子やマフラー一つ残さずに

桃

私は生まれたとき泣かなかった
私は初泣きの代わりに
紙と鉛筆を欲しがった
それが語り部の威厳であると思ったから

そのとき私はすべてが桃色だった
他の遠くの世界から
血を運んでくるために
私の体は痣ができて膨らんでいた

そんな私の話が遠くまで広がって
真っ白におしろいを塗って

思慮深く甘い表情で
傲慢な王の前に呼ばれたりもした

大地は病み都市は肥満して
王冠の重くなった彼は
退屈な表情でこう言った

私の治める国で
なぜこんなとんでもないものが生まれるのか
桃の木は狂ったのか！

そう、私は狂った桃の木から
生まれた毛のない獣
新生の海を渡って
今ちょうど水辺に到着した赤ん坊の入った籠
荒い話の欠片を筏にして流れ流れてここまで来た

二月の歌

春が来たら野原に出てこの種を植えよう
種の目は細くて
固い皮に
頬骨の突き出た黄色い種

春が来たら野原に出てこの種を
柏の木から百歩離れたところに植えよう
そこは遠く北方から
オオカミの背中に乗ってきた春が
萌葱色の靴で初めて地を踏むところ

まだ寒くて暗い季節よ

柏の木はぽつねんと野原で
杖を振り回して荒い風と闘っていて
柏の木の根は真っ暗な地下で
重い鉄の玉を転がして
眠った大地を起こしているから
お出で、遅い春よ、ここは
アジアの果て
抒情の痩せた地
眉のない神が
石ころの入った袋を一つ担いでとぼとぼ通り過ぎるところ

春が来たら目が細くて頬骨の突き出た
この言葉の種を植えてみよう
ここは遠く北方から
オオカミの背中に乗ってきた春が
語り部としてその疲れた体を初めて降ろしたところ

火の家族

黒い夜、家が燃える
ソファーとピアノが燃え上がり
二階の階段が燃え上がり
真っ赤な炎の中で
火の犬がワンワン吠える

黒い夜、家族のドラマが熱く燃え上がる
めらめらと燃え上がる男と女の間で
子供が生まれ
新しい家族が出来上がる

真っ赤な炎の中でのたうつ火の舌で男は叫ぶ

これは誰かが放った火ではない
さらには火との戦いでもない
俺たちは証拠になった
俺たち火の家族は神聖だ！

近くに来るな
炎の垣根を越えて
この熱い思想を誰ももみ消すことは出来ない
黒いジャンルで囲まれたこの世界では

樽一つ分のガソリンと使い捨てライターで書かれた火の年代記
火を直してみたかったんだ
一体、どうしてマシな人生にならないのか
近代はどうして壊れたのか
火を少し直してみたかっただけなんだ

青銅時代

果てしなく真鍮の雨が降る
張り紙は濡れて破れ
バリケードは膝まで沈む
誰が送ったのだろうか
黒い傘の中で素人の探偵が
向かい側の角のカフェを
長く眺めている
あの土砂降りの雨が止んだら
青銅時代はすぐに終わるはず

あまりにも肥えて飛べない青銅の都市
青い錆に包まれた

あの頑丈な虚構が
こんなに大きな都市を生んだ
浴びせるような真鍮の雨
新しい青銅の鳥は
まだ形が完成していない
激烈な文章は顔を覆う
群衆は飢えている
どの煙突にも青銅をぶっかける

誰かが置いていった
青銅の手
その横に一篇の詩
そして半分ほど飲み残した冷めた茶碗
また誰かが窓を開けて大声を出しているが
すぐに声を呑み込んでしまう真鍮の雨
あの土砂降りが止んだら

青銅時代はすぐに終わるはず

牡丹が咲く

寂しく独身だったその鐘守が死んで
鐘楼だけが残った谷間を過ぎ
最後の鐘の音を
こうして風呂敷に包んできた

ところで君、それが荘厳な寺院の鐘の音なら
どっかりと駕籠に載せてきたらよかったのに
もしかして、あの残酷だった戦争のように
その鼻だけを切ってきたのではないか
頭だけ切ってきたのではないか
そんなに不平を言うなら何も言うことはないが

長い五月と六月の真昼
最後に蕾となった鐘の音を
あなたに見せてあげようと、
花の縁まで明るく
広げた牡丹の風呂敷

黒百合

静かで寂しい湖畔の丘に一輪の百合が咲いていた
百合は一輪だけ離れて咲くのがいい
その白い土地から出たことはなかった
世の中は乱れていた
矢が遠くまで飛び
血を流す鹿を連れてきた

ある日、世の中を襲ったペストが
百合を見て
百合の香りを嗅いだ
そして小さな誓いをして去っていった

世の中は相変わらず乱れていた
矢は遠くまで飛び
血を流すものだけを連れてきた
湖畔の丘の一輪の百合
誰かをずっと待っていたのだそうだ
待ちわびて黒くなったのだそうだ

ナズナの花

バッカスの空き瓶はナズナの花を愛した
履き捨てられたスリッパの片方もナズナの花を愛した
禁煙で捨てられたパイプもそのロマンチックな愛をナズナの花に告白した
灰色の狼はナズナの花が好きで改宗した
けれども叶わぬ恋に涙声を長く残して杉林に戻っていった

ナズナの花が私に買ってくるように頼んだ
櫛と手鏡を私はまだ懐に抱えている
自然から離れた日々を数えてみる
私はまだ帰れずにいる

泣き叫ぶ抒情

真夜中に彼らが押しかけてきて
泣き叫ぶ抒情を引きずり出して
夜霧のざわつく
原野に向かっていった
彼らはだしぬけに抒情に
詩の穴を掘れと言った

その夜は国境で
遠くから野性の犬たちが
ツングース語で荒々しく吠え立てていた
今までどうやってうまく生き延びたのか
さあ、お前の中に密かに

通り過ぎる事物や
世界を告白しろ

ますます増加する密入国者たち
処刑を待つ
発火する
ざわめく
深い穴になる！

だからこうして埋めてしまおうというのだろう
壁の向こうででも
暗い水の中ででも
ジャガイモ袋の中ででも
死んだりも腐ったりもせず
こちらにやってきて
絶えず緑色につぶやいているのだから

百一回目の夜

ろうそくの三姉妹は夜を迎える準備をした
食卓を片付けて
銀の皿を拭いて
かまどの火を消して
冬眠に入る蜂たちに真っ黒な蜂蜜を食べさせた

やがて夜のとばりが下りた
カーテンは垂れ下がり
ドアは固く閉ざされた
玄関には重い鉄の靴がきちんと並べられ
ドアの外につながれた木のヤギも身動きせずに立っていた

ろうそくの姉妹は低く低く揺れながら
火の経帷子を編んだ
血と灰にまみれた夜の肩と腰のサイズを測りながら
そして、こんな歌を歌った

どこかで争いは絶えず
待つ人は未だに
帰ってこない
遥かであれ
未来を見ないために
私たちは夜の目を刺した

穴

クヌギの森の言う通りに
二人の男は黙々と
穴を掘った

そこはだいぶ以前から盗賊たちの森なので
財物を奪われて
手足を縛られたまま
穴に投げ込まれることは珍しいことではなかった

すぐに木の根と石が除かれて
穴は黒い口をぽかんと開けていた
車のトランクから血のついた麻袋が引きずり降ろされた

人生は美しい！
高い垣根の城から
こっそりと抜け出して来た姫は
喜んで小躍りしながら蝶の群れに付いていったのだが、
世の中のあの多額のお金と宝物はみなどこへ消えたのか

おい、お前には誰かを恨む資格もない、それに
何もないくせに
卑劣にも命乞いまでするなんて、
男の一人がタバコの吸殻を穴に投げた

花、星、宗教、国家……こいつらめ！
麻袋の中でのたうつものも
今や最後のあがきだけが残っているようだった
穴がプハハハと笑った

豆腐屋で

男は豆腐を食べてむせた
刑期を終えて出所するときに
生の豆腐を食べるように*
男はまたむせた

今はこう言おうと思う
硬い豆腐の肩
硬い豆腐の拳
整って角ばっていた豆腐一丁はすでに死んでしまったと

これは何だ、
柔らかく熱して出された豆腐に

炒めたキムチを載せて一箸ずつ食べる
まるで、豆腐に書かせた身体放棄の覚え書を取りに来たように

牡丹にやるはずのダイヤの指輪を呑み込んだ
ガチョウをつかまえて縛っておくように
これは何だ、縁側の端に座って一日中ガチョウが糞をするのを待つように

腰が曲がるにはまだ早い真昼
風さえうすら寒い
角の豆腐屋で
一時名を馳せた「やくざ豆腐」を食べてみる

〈訳者注〉＊韓国では、刑務所から出所するときに刑務所の出口の前で、出迎えた者が生の豆腐を食べさせる習慣がある。そうすると再び刑務所には行かないという言い伝えがある。

大雪

大雪が一軒家に降り込んだ
家の中に入った大雪は
しばらく室内を見渡してから
鏡の前に立って羊の仮面を取り
家主の男の渡した
熱い花崗岩の石を一杯飲んだ

家主の男はもともと言葉数が少なかった
彼には、若き日の本は死んでおり
血の付いたナイフは池に投げられて泥に埋まり
ひどく辛かった愛はずいぶん前にスズカケノキ*と一緒に家を去った

大雪も必ずしも何かを要求するために訪ねてきたのではなかった
何気ない些細な質問をいくつかしてみただけだった
以前ここに金鉱があったんじゃないか
緑のラクダ市場を時々やっていたんじゃないか
ここに時間の廃墟と寂寞があったんじゃないか

外ではしばらくの間、雪が止んだ
雪の中に埋もれた自動車を探しに行くと言って
大雪は再び鏡の前で白い羊の仮面をかぶって去っていったそれだけだった
強い風で玄関のドアが大きな音を立てて開いては閉まった

〈訳者注〉＊スズカケノキ：学名は Platanus orientalis。スズカケノキ科スズカケノキ属の落葉広葉樹。樹皮が斑に剝げる特徴があり、果実が楽器の鈴に似ていることからこの和名がついた。プラタナスと呼ばれることが多い。

赤い豚たち

豚の運搬車両がひっくり返って
かろうじて生き残った赤い豚たちが
近くの峠を上っていた

疲れた四本足で地面だけを見て歩く
彼らの足取りは一様だった
彼らは彼らの群れを示す
木の枝はまったく
くわえてはいなかった

丘には昨夏ひどい皮膚病を患った
スズカケノキが数本立っていて

湧き水まで上っていく曲がりくねった道は
ずいぶん前にこの道を通り過ぎたある宗教の移動経路と似ていた
それで疲れ切った彼らが体を休めるには
丘はすでにひどく通俗的になっていた

けれども彼らは赤い豚たちだった
災難が近づけば彼らは
剃刀の刃のように鋭い嗅覚で土を掘り
赤い豚の種を植えたのだった

彼らはこれまで五カ月間休みなく太り
満足のいく重さで体重測定を通過した
豚の運送車両は彼らを載せて
一番星の出る三日月の屠畜場に向かうところだった

丘を上りつつ石の角を踏むたびに

二つに割れた彼らの蹄から
長い間歩いた者たちのナマクシンの音がした

すでに夜になりかけていた
三日月の屠畜場が遠くに見えた
迫ってくる運命を予感してある豚は鳴き
またある豚は笑いながら歌った

彼らは赤い豚たちであった
「災難が迫ってきたら
本来のお前たちの大地に戻れ」
ずいぶん前から伝わってきたその言葉で
体を太らせて運ぶ赤い豚たちだった

ツグミ

どこからかその年老いた木に
殺し屋を送り込んだそうだ
一時期、コンチモリ*だった
森の解説家だった
月の秘書でもあった
今は冷酷な殺し屋へと変身した彼を

中には誰もいないのかその木の奥から
チリリーン、チリリーン、鳥の声のように
長い間電話機が鳴る
午後五時
夕陽を生成しようと

空が少し赤く裂けただけなのだが
そこではすでに何かが起こっているのだろうか

私はただ小さな鉄の塊のようなものが
夕焼けの空気を二つに割りながら
木から飛び上がり
すばやく私の横を通り過ぎていくのを見ただけだ
その時ちらりと見た
顔に切り傷のある
小さく硬いそれは
ツグミ*の頬だったのだろうか

日が瞬く間に暮れていく
事件は明らかだ
その老いた木に
チリリーン、チリリーン……

そんな歌があったということ
深く青く木を突き刺して入り込み
跡形もなく鳴いて去っていった絶命の歌があったということ
小さく硬いその何かが
すごい速さで私の横を掠めていった薄暗い夕暮れ時

〈訳者注〉＊コンチモリ：頭の後ろで結んだ鳥のしっぽの形のヘアースタイル。
＊ツグミ：学名は Turdus eunomus。ヒタキ科ツグミ属に分類される鳥類。背面は暗褐色で腹面は白地に黒斑が点在する。

露

私はある時、露を捕まえるために歩き回った
明け方や早朝に
水差しを一つ持って
草の葉にしがみつく露という虫を

露という虫を捕まえるのは簡単だった
過ぎ去った夜の夢が重いのか
どこへも跳ねて逃げることができず
すぐに地面に落ちてしまう
それでも捕まえるのは慎重だった
下手に触れて死んでしまえば
露は石のように固くなってしまうので

私は以前、火と土と空気の調和のとれた建築物を夢みたが
土は無限に増える資本となり
火は暴力となり
残りもはるか遠くの空気の寺院となって
振り返ってみればすべてが虚しい夢

露は水の宝石、一度集めてみる価値があるだろう
ありったけの力で捕えたものが
ようやくふくらはぎを濡らすほどだとしても
早朝の散歩道で森が聞かせてくれた言葉
走らないで歩きなさい
あなたの天国はそのふくらはぎにあるのだから

私は問いかける

少年兵たちが木馬を丘に引き上げてどこかへ行ってしまった
もう戦いは終わった！
灰色のハトが
オリーブの葉をくわえて飛んできて
大洪水を滅亡させたのだから

私はいたずらに四月の若い桜に問いかける
ふたたび火は曲がって土は焼けるのか
消えた火の中で黒い炭と灰が互いの顔を手探りするのか
毎年、丘は青ずむのか
そこで牝牛に変身した国家も平和に草を食むことができるのか

チューリップ

遠くでラッパが鳴り響き、誰かが二階の窓を開けて叫んだ
警察が来る！
その時、私たちは黄色や赤の頭巾を被り
チューリップ党を結成して
宣言文を朗読しているところだった

そして、その日以降に起こったことは君の知っている通りだ
大地の百万輪の灯火が消えた
人生の無味乾燥を示すように
塩が運ばれてくる道は途絶えて
砂糖とタバコも国境を越えて逃げ去ってしまった

インゲン豆の莢の中から生まれた
知謀に富んだあばた面の少女は
七つの物語の欠けらを組み合わせて
耳の大きな国で謎の女王になった

数十年間、海をさ迷っていた人たちが、
時折陸地に上がるというニュースが耳に入った
しかし、知謀に富んだ少女が
女王になったことは
もう取り返しのつかないこと

私たちが天国に幻滅を覚える頃
警察も魔法が解けた
そして彼ら本来の姿に戻った　豚に、ほうきに、火掻き棒に

六．冬の旅人

冬の旅人

暴風雨が襲ってきたあの年の冬の夕べ
ある家の窓辺を通った時だった
忘却と死よ、早く通り過ぎておくれ
黄色い光のように流れ出る
私の足を速める低い祈りの声を聞いた

第三の男

男は寒い国から来た
彼は追われているところだった
太陽の長い追跡の末に
北回帰線の近くで
彼は影をしばし映してまた消えた

ケイトウ

舌を噛み違えて言葉を吐いた
いや、言葉を噛み違えて
いくつかの塊の赤い舌を吐いた

黒猫

黄色く目を開いた
黒い足取り
黒い思惟が
まっすぐ私に近づいてきた
かつてそうして近づいてきた詩はなかった

黒いチューリップ

露をおくれ
渇いたこの世界に黒い露を注いでおくれ

街灯

真昼の街灯とは
灯りを点ける
夕方に到達するために
干乾びた電柱で蒼空を漕ぐ船

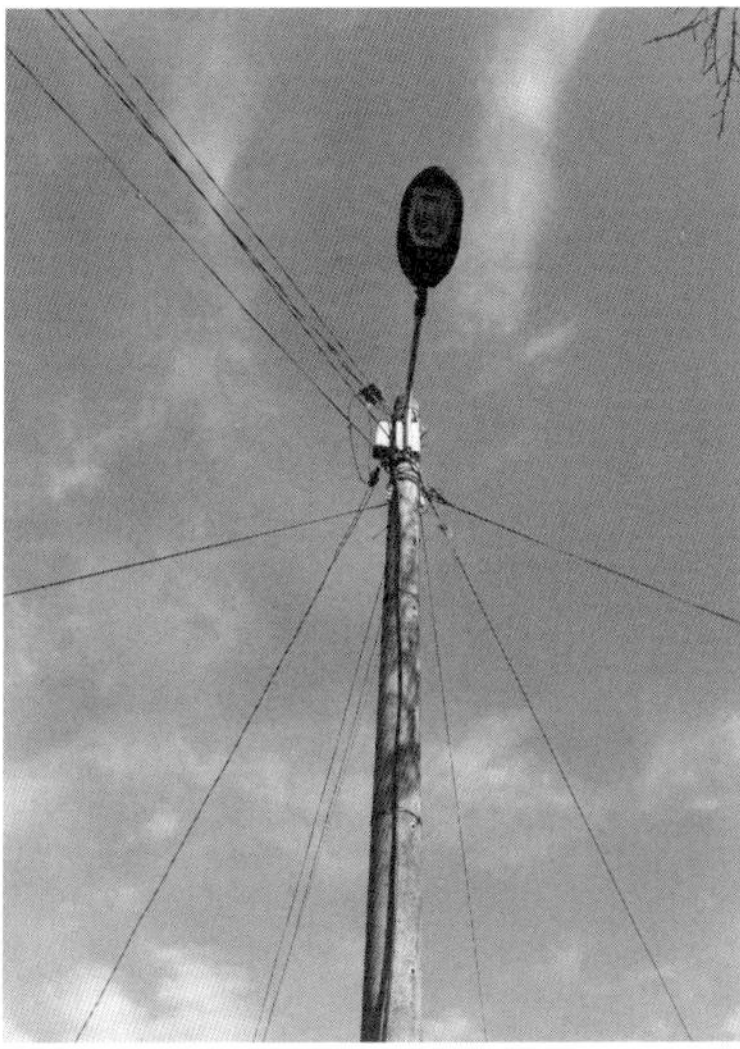

秋の朝

葉柄の長いクルミの落ち葉
昔の墓から取り出したさじのようだ
あれで緑をすくって食べ
けたたましく鳴いたセミの愛も今は去ってしまった

終止符

万物の生長が止まる
冬の休止期だと
摘み残したナツメの実
虚空に点々と終止符を打つ

象徴の発見と美の復元

李在福《イ・ジェボク》

一. 審美的投射と発見の感覚

宋燦鎬《ソン・チャンホ》の詩には古典的な品格が内在している。この品格は詩の土台となる言葉、あるいは言語と存在一般についての深い模索の結果である。詩における言葉や言語に対する模索は他の多くの詩人においても見られる一般的な現象であるが、それがあらゆる存在一般についての深い模索であるわけではない。言語と存在一般についての問題とは、単純なテクニックや形式論理の次元を超え、意識と対象、発見と脱隠蔽、所与と展望、形状と質料、創造と表現、象徴とイメージ等の美学的な次元を包容する模索の過程だからである。詩における言語の形式や原理に集中して、詩一般についての論議がなされると同時に、存在の在り処としての言語や詩についての論議は堅苦しい哲学と文法をそのまま剝き出しにしたり、あるいは哲学と文学の間の曖昧な境界でもがき、さらに鮮明な一歩先の方向へと進むことができず、遠くを迂回している状態である。

詩の言語についての問題は、ただ哲学の領域でのみ扱われるものではなく、だからといって文学の領域だけで扱われるものでもない。ひょっとしたらそれは哲学と文学の間に、ある一定の緊張を伴って存在するのかもしれない。このような点から詩の言語に関する問題は、美学の観点や方式によって解釈することのできる余地を多く残している。バウムガルテン*による美学の定立が詩に関する哲学的な省察を通してなされたという点を考慮すれば、この美学の中で詩の言語と存在の問題を模索するのは、美学の世界の意味と美的条件を表す際に必ず必要な過程であるということを示唆している。しかしこの美学の観点と方式として詩を見る際に、ひとつだけ念頭に置かなければならないことは「果たしてその詩が、美学的観点から観られることに耐え得る美学性を持っているのか」という点である。美学の条件や美学性を持ち合わせていない詩を、このような観点と方式で読み取って判断するのは、解釈の空虚さにつながる。良い詩とはどのような詩なのか、という問題をこの美学の観点と方式の次元で見れば、詩の違いはもちろん価値もまたより明確になるだろう。

韓国詩の歴史の中で、あるいは最近の韓国詩壇でこのような美学の条件と性格を兼ね備えた詩人はどれだけ存在するだろうか。最近、韓国詩壇では美学的な自意識ではない過度の自己満足や自己の欠乏のような心理的な自意識を作詩する流行があり、美学的な論争と投射がその中に割って入っていくことは容易ではない。美学についての意識がぼやけてしまったり、消滅してしまうことほど、詩作において不安で不幸なことが他にあるだろうか。何よりも量と質の二律背反的状況が韓国詩壇を支配しているのだが、宋燦鎬の詩はこの矛盾について肯定的な展望を見せているという点で、私たちが絶えず注目し、またこれからも注目していくべき重要なテキストである。彼は現在、韓国詩壇においてこのような美学条件と美学性を兼ね備えた詩を書く数少ない詩人の一人である。彼の詩の軌跡はまさに美学条件と美学性に対する模索の過程であると言っても過言ではない。

第一詩集『土は四角の記憶を持つ』（一九八九）と第二詩集『十年間の空の椅子』（一九九四）において見られる言葉、もしくは言語の存在と実存に関する世界は、彼の詩に対する問題意識が意識の主体（詩人）と対象（現実）の間の不和からくる熾烈な存在論的苦痛を、言葉・言語を通して美的に昇華させているのを見せている。一篇の詩が意識の主体と対象の関係の中で発生するという点から見れば、二冊の詩集に対する彼のこのような意味付けは、他の詩人と差はないかもしれない。しかしここで私たちが注目すべきは、意識の主体が対象をどのように認識し、どのようにそれを表現するかという点である。彼の詩では意識の主体が対象を因習的で常套化された形式論理や意味の構造の中で捉えるのではなく、対象との不和と衝突を非日常的で突発的な次元で捉えることで、新たな象徴と美的秩序を創出する。これは美学条件と美学性の土台であると同時に、その深い部分を突こうとする詩的態度でもある。他の詩人の詩と彼の詩の間に見られる違いがここから始まっているという事実は、彼の詩に何か特別な秘策を期待する人々にとっては失望ともなり得るが、その秘策が根底から来ていることを理解すれば納得できるものであろう。このような点で彼の詩の美学は「古典的（classical）」と言える。

宋燦鎬の詩の美学における古典的な深さは、第三詩集である『赤い目、椿』（二〇〇〇）で、さらに鮮明なイメージと実体を通して具現化されている。この詩集は、美が世界に浸透していくときに発生する存在論的で実存的な事件を、「椿」と「ライオン」、そして「山景」という質料を通して静中動という次元で明確に描き出した秀作である。一つの出来事が静の次元から動の次元に移動しながら、世界の隠された力動性と生命性が非日常的な象徴とイメージを発生させ、それが強烈な美的感覚を呼び起こす。美的感覚が強烈であるほど美そのものが堅固だと言えば、『赤い目、椿』はこれに該当するだろう。美そのものに焦点を当ててそれをある一定レベルまで昇華させた詩人の詩的態度の裏面には、美の画一性ではなく柔軟性と多様性がある。彼の美のこのような性格が第四詩集『猫の戻ってくる夜』（二〇〇九）では、自然と文明の間に生じる不和と新たな和解の可能性についての童話的な想像力を通した模索に繋がっている。童話的な想像力が、偽悪的な文明の現実と出会うことで起こる出来事を通して、私たちの暮らす世界の現実が童話よりも劣っているということを逆説的に示している。詩人が表現しているこの逆説は、穏健な詩的態度として受け取ることができる。しかしこの穏健さの中にはすでに文明によって占領された日常と現実の世界を、自然の純粋で神話的な世界と衝突させ、それを回復しようとする急進的で変革的な想像力と意志がある。

意識の主体と対象との緊張の程度によってここで作られる世界は因習化された常套性の次元を表しもし、また不慣れで新しい存在の次元をも表している。彼の詩でこの次元は主に象徴の方式として提示される。彼の象徴は何らかの気難しい詩的対象を通して成立するのではない。彼の詩の表題となっている「土」・「椅子」・「椿」・「猫」などは、私たちにとって身近な詩的対象である。この事実は彼の詩の象徴が因習的で常套化された次元に転落したり、陥没したりすることを意味している。しかしこの身近な詩的対象たちは「四角の記憶」、「氷の中の花火（不在の実在)」、「赤い眼」、「生臭さと困窮」などのように非日常的で新しい象徴を隠したまま、一つの世界を形成している。私たちが彼の詩を読んだときに、因習的で常套化された象徴論理でもなく、もしくは何かしらの概念であったり道具的な関連性を通して媒介されたり、解釈できない不慣れな象徴論理を体験するのは、このような彼特有の象徴の方式と存在性のためである。

第五詩集『桃色のナマクシン』(二〇一六)もまた彼のこうした象徴論理がよく表れている。いかなる時も美の世界と現実の世界の間で一定のバランスと緊張を維持してきた彼の詩的態度が、目に見える次元はもちろん、見えない次元を包み、一つの独特な象徴世界を現わしていると言える。彼の詩の象徴は不慣れな新しい世界を象徴しているのだが、それが堅苦しく難解に感じられたり、認識されたりはしない。これは詩人の詩作態度がこの世界のどこにも存在しない新たなものを生み出さなければならないという強迫観念から始まったものではなく、すでにこの世界のどこかに隠されているものを発見(脱隠蔽)しなければならないという意志から始まったものだからである。創造の主体が神なのか、それとも人間なのかという複雑で難解な論争の次元を超えて、無から有を生み出す創造よりも、すでに存在しているものの中からそれを探し出す発見の論理と意味が、意識の主体と対象の間の緊張を前提として、詩の具現化ができることを考慮すれば、ここでの発見はさらに論議の現実的な蓋然性を持てる。ここで言う発見とは、実際に目に見える現れた次元よりも目に見えない現れていない次元を前提にしているため、それについて論ずるのは概念的ではなく、道具化されていない未知の不慣れな領域を暴き出すという点において、詩的象徴の本来の意味を探索するということと同じである。私たちが彼の詩的軌跡の意味、あるいは彼の詩の時事的な意味を見つけようとするならば、それはまさにこのような象徴の発見から見つけ出すべきだろう。

二.象徴または形状と質料の皺

宋燦鎬の詩の象徴が発見から始まっているということ

は、彼だけの独特な視覚と方式を前提としているということを物語っている。発見という意味自体が、概念や道具的な関連性を排除した状態においてなされる行為を内在しているため、もしかしたらこのような前提は当たり前なのかもしれない。このような点から、ある詩を評価し解釈する際に発見という範疇でそれを解明するケースは多くない。ある詩が、発見の範疇の持つ条件を十分に満たしていなければ、それを発見という次元で解明するのは空虚なものである。真の発見とは、世界に隠されている意味を概念や道具的な関連性なしに脱隠蔽する行為である。これは、詩人の意識が概念や道具のように因習化され固定観念化された世界から離れていなければなされない。概念や道具は主に思惟を通して加工された型や体系を示すものであり、こうなると人間の意識は間接化され、この状態においては意識世界に隠されている意味を見つけ出すことはできない。

隠された世界に出会うためには、詩人の意識自体が直接的でなければならない。このように概念と道具による思惟を通して加工されない直接的な意識を「所与」という。私たちがこの所与の状態で、何らかの存在に出会う時、隠されていた世界が脱隠蔽される。このような存在論的な出来事がまさに発見なのである。真の世界の意味とは所与の状態で表れるので、この内在的な出来事（質料）がなければ、不慣れで新しい形状を作ることは不可能である。直接的な意識の投射によってある形状が作られるならば、ここには発見の過程が存在していると見ることができ、この発見の有無、そして発見の方式及び性格が詩の美学性を決定する重要な要因となるのである。隠されている世界は、意識の主体の状態によって脱隠蔽が可能かどうか決定されるのである。詩人の意識が直接的な所与の状態であれば、世界に隠された意味が美的形状を作るが、それが間接的な状態にあれば不可能である。このような点から世界は創造するものではなく、発見するものなのである。

遠くから見るとそれは金色であった
谷間へ降りてみると
笹藪の茂みの間で

とある金銅の仏像が
しゃがみ込んで用を足していた
ある寺から捨てられてしまったようだ
金粉は全部剝がれて
鼻と口は壊れ
その快便の表情をすべて読むことはできなかった

ただ一縷のかすかな微笑みのようでも、うめきのよう
　でもあるそんな表情が
半跏思惟の表情よりさらに長く保たれた姿勢ではな
　いかと
しばし思ったりもした
行くべき道は遠かった
谷間を抜け出て振り返ってみると再びそれは金色で
　あった

——「金銅半跏思惟像」全文

一つの発見が直接的な意識過程を通してなされていることをよく表している詩である。意識の主体は詩的対象である「仏像」をある概念や道具との関連性の中では表さず、純粋な知覚の次元でそれを表している。「仏像」は一つの固定された形状として表されてはいない。詩の中の「仏像」は「遠くから見ると金色」として表われており、近くに寄って見れば「金粉は全部剝がれ」た姿として表されている。またそれは「快便の姿」としても表されもし、「かすかな微笑みのようでも、うめきのようでもあるそんな表情」として知覚されたりもする。この多様な形状は「仏像」が知覚の状況と方式によって異なって表れる可能性を示している。この時の知覚は直接的な意識の産物であるという点で、その中に新たな何かとして作り上げられる可能性、すなわち質料を持っている。形状はこの質料として作り出され、質料が内在している可能性の中に、形状はすでに宿っているのである。

詩の中の多様な形状は「仏像」の存在を弱くしたり、分散させたりすることなく内的な凝縮の様相を見せる。形状は多様に表れているが、それを湧き上がらせる力は

「金色」へと収斂される。内的に凝縮された質料によってその形状が多様になるという論理は、意識の主体がどうしても「金色」に引きつけられてしまう理由をよく表している。意識の主体が金色に引きつけられる時、観念や概念によってというよりは純粋な知覚、あるいは知覚の純粋さによると言える。なぜ意識の主体が「金色」に引きつけられるのだろうか。この問いに対して金色の本来の観念を追求することは無意味である。この詩においての「金色」は本来の観念との関係性（類似性）として解明される性質のものではなく、それ自体で強烈な存在性を表すという次元で解明されるべきである。このような点で「金色」は一つの象徴である。象徴としての「金色」はそれ自体で強烈な存在性を表すため、曖昧にならざるを得ない。しかしこの曖昧さは意識自体の直接性、あるいは直接的な意識による知覚の場の豊富さを意味している。

このように象徴は、知覚の場が豊富である時、その存在性をよく表す。この事実は知覚の場が虚弱であれば象徴もまた自らの機能を失うという意味である。因習化された象徴が良い例である。因習化された象徴は意識自体の直接性が消え、それが内在する観念や概念を通して意識の間接化がなされるため、知覚の豊富さは弱まるしかない。しかし詩の中の「金色」はこのようなものとはかけ離れた、見慣れない美的衝撃を強く呼び起こしている。象徴は強烈であるほど美的な衝撃が大きい。宋燦鎬の詩はこのような象徴として作られた知覚の場である。「金色」もそうであるように、彼の詩の中の象徴は曖昧でありながらも慣れていない衝撃を与える。そして彼の詩の中の象徴は、私たちに広く知られていたり身近なものであったりする。

しかしこれらの形状は詩人によって不慣れで新たな象徴として生まれ変わる。例えば「ナマクシン」は身近な詩的対象であるが、詩人によってそれは「ケイトウの汁が擦り付けられた桃色のナマクシン」（「桃色のナマクシン」）へと変化しながら象徴性を獲得する。「ナマクシン」は単純な材料であるが「桃色のナマクシン」は意識の主体の美的な知覚の宿った質料である。一つの材料を美的質料へと変える、この質的跳躍を通して「ケイトウの汁が擦り付けられた桃色のナマクシン」という象徴が誕生したのである。材料と質料の違いについての意識の主体の認識は「キツネの毛のマフラー」を「熱い火」(「キツネの毛のマフラー」)へと変え、この上なく日常的で因習化された「バラ」をこの世界に一つしかない「雷を宿したバラ」(「バラ」)へと変えるようになる。

私は雷を土の中に植えておき
それがすくすくと育って
垣根のバラのように
赤く燃え上がるのを望んでいたが

雷は目に見えない
音だけ大きくなって
天に帰って行ってしまった

…(中略)…

いつか再び窓と屋根を揺らしながら
雷を鳴らしながら帰ってくるのなら
棘を新婦にして
私はあなたのやせた首に
澄んだ露を編んで掛けてあげよう

――「バラ」部分

使い古して因習化された「バラ」の意味を他のどこにも見つけられないほど意味の地平が広がっている。それほどこの詩には何かを作り出せる可能性が隠されている。意識の直接性が「雷」と「バラ」の因習化された意味の障壁を解体し、「雷を宿したバラ」という新たな象徴を発見したのである。概念化され道具化した「バラ」という枠の中で見れば、この「バラ」は愛や情熱という古い意味に落ち着くのだが、このように意識の直接性が生きている広がった地平の次元で見れば、それはあらゆる矛盾と逆説の意味さえも包む無限の可能性を宿す一つの象徴となる。「雷を宿したバラ」の形状が隠している世界を発見することは、このような理由で私たちの知覚を大きく広げることになる。意識の主体の知覚が大きく開くためには目に見える次元だけではなく、目に見えない次元が前提とされるべきである。意識の主体の知覚は目に見えない次元に向かった時、意味の地平がさらに拡張される。このような脈絡で見た時「雷を宿したバラ」の形状が表現できるのは、ひょっとしたら「雷は目に見えない／音だけ大きくなり／天に帰って行ってしまった」ためかもしれない。

「目に見えない音」はそれが目に見える時に発生する観念の次元から自由になれる。目に見えるものに意識が固定されてしまえば、その裏面に隠されている目に見えない大きく深い世界を知覚することはできない。意識がこちらに向いた時、「音」に至る直接性は大きくなり、それが何かを作り出す可能性もまた大きくなる。彼の詩の中の意識の主体は目に見えない「鬼」の存在さえも知覚する。意識の主体は「鬼が住む」で「彼は時に誰かと話しているように／一人言を言った」と言ったり、また「肩の上の虚空に／バナナやリンゴを渡したりもした」とも言う。意識の主体が目に見えない「鬼」の存在を知覚することは、彼が置かれている知覚の場の世界がどれだけ拡張可能であるかを計ることのできるいい例である。「鬼」が知覚として表れるのであれば、すでにその「鬼」は重量感と実体感を持った形状であるはずだ。

「鬼」の場合のように宋燦鎬の詩の中の意識の主体は目に見えない世界の裏面までを繊細に表現できる知覚の所有者ならば、目に見える次元に意識が抜け出せずにいる人たちからすれば、その世界は、過去はもちろん現在そして未来へと続く統合的な構造の作り出した美的等価物として呼び起こされる。このような知覚の所有者が発見した非常に魅力的な対象がまさに「雪だるま」である。「雪だるま」という存在は意識の主体がその形状の変化を鮮明に知覚できるほどひときわ力動的であるため、形状を成す質料として魅力的であると言える。雪（雪だるま）が水になり、水が再び氷や雪になる過程は、質料がどのような形状をつくり、また形状がどのように質料へと還元されるのかを、そして目に見える次元（目に見えない次元）がどのように目に見えない次元（目に見える次元）へと変化するのかを繊細でありながらも明確に表している。詩の中において意識の主体の「雪だるま」についての知覚の過程は「瞬間的な力動性」と表現できるほど具体的である。

うだるような真夏の夜なのに、雪だるまは暑そうには見えなかった
冬に見た姿そのままで
毛の帽子をかぶりマフラーを巻いていた
汗も流していなかった

…（中略）…

どれぐらい走ったのだろうか　うっかり居眠りして目が覚めると
隣りの席は空いていた
彼はどこで降りたのか
毛の帽子やマフラー一つ残さずに

――「雪だるま」部分

「雪だるま」の形状の変化を語っているが、その裏面には質料の意味が投影されている。「雪だるま」の形状は消滅したわけではなく質料の次元へと戻っていったと言える。「雪だるま」が水になったのならばそれは消滅したのではなく、いつかは再び「雪だるま」という形状を形づくる可能性として存在しているのである。形状と質料、あるいは消滅と生成が繰り返されれば増えていくものは存在の皺ばかりである。こうした認識の態度は、差異や反復を通した生命の無限の潜在性や可能性を表しているという点で、ジル・ドゥルーズ＊的な思惟が呼び起こされるが、ここで私たちが注目すべきことは、存在は創造（発明）されるのではなく発見されるという事実である。「雪だるま」が溶けて水となり、水が再び「雪だるま」になるように、波が壊れ消滅するのではなく海の中の水へと戻って再び波を起こす存在論の観点から発見されるべきであり、そして形状と質料の議論がなされるべきである。皺は差と反復を通して絶えず作られる存在の場であり、ここで何かを発見するということは皺の多い形状と質料を作ることに他ならない。詩人、あるいは詩の中の意識の主体が目指す世界は、まさにこの皺の

中に一つの象徴として存在するということである。皺の多い象徴は因習化され固定化した観念の危険性から抜け出せる。

三．純粋と非純粋の珍しい風景

宋燦鎬の詩の象徴が美的な形状と質料で作られた皺の産物であるという事実と同じほどに重要な点は、この象徴が表す意味であろう。彼の詩の象徴が概念や道具的な関連性なしに意識の直接性によって作られるものであるため、ここに内在する意味もやはり斬新といえるだろう。彼の詩の象徴が表す意味は、基本的に意識の主体が対象をどのような態度で認識するかによって決まる。これは意識の主体がどのような対象を選択するかということより、それをどのように見つめるかが重要だということである。これについてすでに彼は『猫の戻ってくる夜』において自分の立場をより明確に表した言葉がある。多くの者が『桃色のナマクシン』を「童話的想像力」に基づいたものであると言うのは、彼のこのような態度をある程度見抜いたものである。この詩集においては、意識の主体が童話的な態度を堅持している例を容易く発見できる。

しかしこのように「童話的想像力」と言及する時に問題になるのは、その童話の性格である。『猫の戻ってくる夜』での童話とは、私たちのよく知るナイーブな次元の童話とは性格が異なる。この詩集での「童話的想像力」は象徴に基づいた高度で美的な深さと単調な皺ではなく、重層的な皺で作られた世界であり、このような点からそれはナイーブな次元を超える。彼の詩には天真爛漫でひたすら純粋な世界を目指す意識の流れが支配するのではなく、純粋の裏面、あるいは純粋と拮抗の関係にある非純粋の世界を目指す流れが一定の緊張状態を維持しながら存在している。『桃色のナマクシン』が『猫の戻ってくる夜』の世界を継承しているのであれば、まさしくこのような次元であると同時に、純粋と非純粋の拮抗を通した詩的緊張は、『桃色のナマクシン』の象徴的な意味、または皺の意味の位相を決定する重要な要因として作用するという点で注目に値する。
　純粋と非純粋の拮抗は一篇の詩に表れることもあり、また詩と詩の関係から表れたりもする。詩において意識の主体が究極的に目指すものは純粋である。しかしこの究極に達するまでの道のりは決して容易なものではない。この過程において意識の主体は純粋の裏面に隠れている非純粋の実態と自然に出会うことになる。これは純粋と非純粋が独立的に存在するのではなく、元々は一体であるという事実を強く想起させる。純粋の裏面に隠されている非純粋の存在が姿を現すということは、不純な何かが純粋の領域に浸透して亀裂が生じたことを意味する。ここでの「不純な何か」とは意識の主体の内面で生じたものかもしれないし、または主体の外部で生じたものかもしれない。しかし二つのうちのどちらで生じたものなのかははっきりと判断がつかない。

私はある時、露を捕まえるために歩き回った
明け方や早朝に
水差しを一つ持って
草の葉にしがみつく露という虫を

（中略）

私は以前、火と土と空気の調和のとれた建築物を夢
　みたが
土は無限に増える資本となり
火は暴力となり
残りもはるか遠くの空気の寺院となって
振り返ってみればすべてが虚しい夢

露は水の宝石、一度集めてみる価値があるだろう
ありったけの力で捕えたものが
ようやくふくらはぎを濡らすほどだとしても
早朝の散歩道で森が聞かせてくれた言葉
走らないで歩きなさい
あなたの天国はそのふくらはぎにあるのだから
――「露」部分

例えば、この詩で、意識の主体の純粋な夢を壊した不純な何かとは何なのか。詩の文脈全体を見ると、意識の主体である「私」はいまだに純粋な夢を諦めていない存在だということがわかる。ただし最初に抱いていた夢がずいぶん弱まったことは事実である。しかしその原因を提供することとなった対象が曖昧である。純粋な夢を諦めない「私」の状態からするとその対象は外部にあると思われるが、それはあくまで推測に過ぎない。不純な何かの存在をさらに曖昧なものにする「土は無限に増える資本となり／火は暴力となり／残りもはるか遠くの空気の寺院となって」と述べているのだが、これら一つひとつが不純な何かの主体を表しているわけではない。これは不純な何かの存在を隠したまま、その結果を述べているだけである。

しかし私たちは確実ではないが、詩の行間から不純な何かの存在を知覚することができる。意識の主体の純粋な夢を弱めた存在が自分自身なのかもしれないし、もしくは外部の何かの対象かもしれないということを曖昧な知覚の場という形で提示している詩人の意図を読み取ることは難しくない。万が一、詩人が不純な何かの存在を明らかにしたとすれば、曖昧さは消えるであろう。同時にその曖昧さからくる意識の主体の内面と外部との間で生まれる緊張もなくなるであろう。意識の主体の内面と外部との間のこのような緊張は、結果的に純粋と非純粋の拮抗関係をさらに堅くすることに寄与する。この詩のように彼のほとんどの詩は、不純な何かの存在を明確に表さないまま純粋と非純粋の拮抗関係を保っている。

『牡丹が咲く』の場合、文面に表れているのは意識の主体の純粋な心である。「牡丹が最後に蓄む姿」を「鐘守が死んで鐘楼だけが残った寺院の最後の鐘の音」と置き換えたのもそうであるが、それを「持って来てあなたに見せてあげる」のもすべてが意識の主体の純粋さを表象していると言える。そうであればこの詩には意識の主体の純粋さだけが存在するのであろうか。この問いについて答えるために私たちは「何故、最後に蓄む牡丹をあなたに見せようとしたのか」を深く考える必要がある。牡丹はやがて枯れ、この状況は意識の主体の純粋さを絶頂へと上らせたが、その裏面は純粋さを脅かし不安に陥れる非純粋さが影のように覆われている。この非純粋さを詩人は詩の中において言葉で表さない。非純粋の隠蔽により、純粋はその分緊張の程度を増すこととなる。

　このように非純粋の存在を文面に表さない場合もあるが、またそれを自然に表している場合もある。「バラ」という詩では純粋と共に非純粋の存在が前景化されている。意識の主体が目指しているのは非純粋に対する純粋の呼出である。意識の主体は私たちに向かって「この世界の血がすべて抜けてしまった／青白いあの白い寺院に／私たちの暴力で／そこを再び赤く満たしてみよう」と叫んでいる。この詩の行間を少しでも読み取ることができるならば、この叫びの真意が純粋への志向にあることがすぐにわかるだろう。純粋についての渇望が非純粋の形式として提示されていることに注目する必要がある。ここでの「暴力」は非純粋の表象ではなく純粋の表象として提示されている。「悪の代替わり」となる非純粋の世界に純粋の「暴力」で抵抗しようとする意識の主体の態度は、詩想の単調さと意味の単声性という危険から抜け出させてくれる。

　純粋に近づこうとする意識の主体の態度は独特な詩的想像力の発見へと繋がる。

バッカスの空き瓶はナズナの花を愛した
履き捨てられたスリッパの片方もナズナの花を愛した
禁煙で捨てられたパイプもそのロマンチックな愛をナ
　ズナの花に告白した
灰色の狼はナズナの花が好きで改宗した
けれども叶わぬ恋に涙声を長く残して杉林に戻って
　いった

ナズナの花が私に買ってくるように頼んだ
櫛と手鏡を私はまだ懐に抱えている
自然から離れた日々を数えてみる
私はまだ帰れずにいる

――「ナズナの花」全文

意識の流れが「ナズナの花」に向かっている。意識の主体である「私」はもちろん「バッカスの空き瓶」、「スリッパ」、「パイプ」、「灰色の狼」まで「ナズナの花」についての愛を告白している。告白の主体が人間だけではなく物や動物に至るまで多様であるということは、「ナズナの花」がこれらすべてを包容することができる存在であることを意味している。どのようにして「ナズナの花」がそのような存在になりえるのか。この問いに対する意識の主体は「ナズナの花」が「自然」であるためだと答えている。意識の主体にとって「自然」は必ず帰るべき所である。それは「自然」を自分自身の存在が始まった場所として認識したところからきているのである。このような点から「自然」は純粋な始原、あるいは純粋な原籍地と言える。意識の主体はそこに戻りたがるが「まだ帰れずにいる」のは、「自然」から非常に遠く離れてしまったためである。「自然」から遠ざかれば、それだけ純粋さからも離れてしまうということだ。この事実はすなわち意識の主体そのものが、徐々に非純粋の領域へと進んでいくことを意味している。

「ナズナの花」で表象される純粋の喪失と純粋への憧れが、「自然」との関係の中で解明される性質のものであるならば、純粋に亀裂を生じる不純な何かとは文明だと言っても大きく間違ってはいないであろう。「バッカスの空き瓶」、「履き捨てられたスリッパの片方」が想起させるものは、文明の影のようなものであると言える。純粋から非純粋へと、自然から文明へと、意識の流れが移動するほど彼の詩の象徴はアレゴリーの属性を表すようになる。例えば「黒百合」の場合、その強い象徴性にもかかわらず「乱れた世の中とペストによって黒百合」へと変わっていく話は、人間の黒い歴史の一場面を連想させるという点でアレゴリー的である。このような脈絡から見れば「物」と「発話（言葉）」を通して詩的な宿命の問題を擬人化し叙述している「泣き叫ぶ抒情」と「穴に投げ込まれた血の付いた麻袋」を焦点化して「生」についての思想を展開していく「穴」、そして「大雪」を擬人化して「時間の廃墟と寂寞」を語っている「大雪」と、「砂漠」での「自動車」事故を通じて恐ろしい速度で狂ったように疾走している現代文明の反省がなく「野蛮と狂気」に満ち溢れた裏面を暴露している「北の砂漠」などは、今現在の私たちの現実と生に対する一つのアレゴリーと言っても過言ではない。

しかし非純粋への流れとアレゴリー的な性格と関連して最も問題となる詩篇の一つが「赤い豚たち」である。この詩がアレゴリー的だというのは「赤い豚たち」の運命が一定の物語、あるいは歴史を持っているためである。彼らは「屠畜場」に運び込まれる運命を宿している。これは明らかに悲劇であるが彼らはこのような自分たちの運命に抵抗する方法、言い換えれば生き残る方法を知っている。「赤い豚たち」は「災難が近づけば彼らは／剃刀の刃のように鋭い嗅覚で土を掘り／赤い豚の種を植え」たり「災難が迫って来たら／本来のお前たちの大地に戻れ／ずいぶん前から伝わってきたその言葉で／体を太らせて運ぶ」(「赤い豚たち」)。「災難」のような自分たちの悲劇的な運命に挫折することなく「赤い豚の種を植え」たり、予言のように「伝わってきた本来の大地に戻れというその言葉で体を太らせて運ぶ」彼らの姿は、人間（人類）の歴史に対するアレゴリーとして読み取ることができる。彼らが見せる悲劇的な運命に対処する方法としての「赤い豚の種を植えること」と「本来の大地への帰還」は災難と屠殺の横行する非純粋の時代に純粋を希求しているものと見ることができる。「種」と「本来」が隠蔽している純粋の意味を意識の主体が見つけ出すことで彼らの行為は実存的な歴史性を帯びるようになり、これによって意識の主体が究極的に目指しているものが「赤い豚たち」の歴史を超えて人間の歴史であるということがわかる。「災難」と「屠畜」の運命の中でも新しい実存を模索する「赤い豚たち（人間）」の姿は、非純粋の純粋、あるいは純粋の非純粋という生の逆説を強烈にアレゴリー化しているという点において、一定の美的レベルを表していると言える。純粋と非純粋の逆説に隠蔽された生の珍しい風景を発見するために、意識の主体は絶えず自分自身に問いかける。しかしその問い方が魅惑的である。「ふたたび火は曲がって土は焼けるのか／消えた火の中で黒い炭と灰が互いの顔を手探りするのか」、「そこで牝牛に変身した国家も平和に草を食むことができるのか」(「私は問いかける」)。

四．美の復元と古典的な深さとしての詩

韓国の現代詩史において、美学の条件と美学性を兼ね備えた詩人を見つけ出すことは決して簡単なことではない。このような点において宋燦鎬の存在感は重みを持つ。詩の土台をなす言葉と言語に対する深い模索を通し、自分自身の独特な象徴体系を構築する彼の詩世界は、美に対する古典的な品格と深さを持っている。彼の詩のこういった様相は、ある概念や道具的な関連性なしに世界の隠された意味を発見しようとする美学の古典的な態度から始まったものである。韓国の詩人たちの美に対する探索のほとんどが、一時的な流行や深みのない実験の次元にとどまっているのに対して、彼の探索は一定の脈絡と展望を確保している。

『桃色のナマクシン』の中にもやはり美に対するこうした脈絡と展望がよく表れている。彼は現象と本質、見えるものと見えないもの、形相と質料、隠蔽と脱隠蔽、美と現実、所与と地平、象徴とアレゴリー、純粋と非純粋、曖昧性と緊張などの美学をなす原理とその過程を詩として具現化して見せている。これは私たちが長い間忘却していたり、喪失してしまった「美学としての詩」、あるいは「詩の美的アイデンティティー」の問題に他ならない。彼は今、現在の流れの中でそれを復元しようとしている。彼が復元しようとしている美学は、詩の美的原理をなす基本的な条件でありながら美的な理想と普遍性を実現する土台という点で、「古典的（classical）」な性格と意味を持っている。このような古典的な詩（美学）の原理と条件を持つ詩人を現代において見つけ出すことは容易ではないが、これは美の古典的な品格と深みを度外視する社会的な状況も一つの原因であろう。そして、それ以上に考えなければならないのは詩人自身の美、もしくは美学性に対する自意識の欠乏である。

彼の詩の古典的な風格と深みは、近年韓国の詩が喪失した美学性の復元を見せてくれる一つの例である。特に概念や道具的な関連性なしに世界に隠された対象を発見し、それを一つの象徴として作り出す手腕は、因習化され固定化された観念を超え、新しくすることを詩

の基本原理として認識している者たちにとって模範になるほどの美学的な事件である。「土」、「椅子」、「椿」、「猫」、「ナマクシン」などのように日常の平凡な対象を「四角の記憶」、「氷の中の花火（不在の実存）」、「赤い目」、「生臭さと困窮」、「ケイトウの汁が擦り付けられた桃色のナマクシン」などのように新しい象徴として変化させて、質的跳躍を果たしてきた彼の今までの軌跡は、私たちの詩の一つの珍しい風景であると言える。しかし彼の象徴は進化し続けている。『桃色のナマクシン』の中の「赤い豚たち」のアレゴリーを通してわかるように、彼の詩の象徴は美学の監獄に閉じ込められることなく現実へと通じる道を絶えず模索する態度を堅持している。新たな詩の地平は古典的な美の探索を通して開かれるというこの逆説は、宋燦鎬にとって「ケイトウの汁が擦り付けられた桃色のナマクシン」のように鮮やかである。

〈訳者注〉＊バウムガルテン（Alexander Gottlieb Baumgarten、一七一四～一七六二）：ドイツの哲学者。感性的認識を哲学の一部門として樹立し、美学の創始者とされている。

＊ジル・ドゥルーズ（Gilles Deleuze, 一九二五～一九九五）：フランスの哲学者であり、ポスト構造主義の思想家。きわめて多様な著作を通じ、差異の観念を発展させ、二元論的対立を克服しようと試みた。

李在福（イ・ジェボク）
一九六六年、忠清北道提川生まれ。漢陽大学国語国文学科及び同大学院で博士号を取得。一九九六年《小説と思想》で評論デビュー。著書に『体』、『肥満体の異性』、『韓国文学と体の詩学』、『現代文学の流れと展望』、『我らの時代の四十三詩人への献詩』、『韓国現代詩の美と崇高』、『体と陰の美学』など。高錫珪批評賞、若き評論家賞、片雲文学賞、愛知文学賞受賞。文化芸術誌《CLUTURA》、人文社会誌《本質と現象》、文学誌《詩と思想》、《詩で開く世界》編集委員。現在、漢陽大学校韓国言語文学科教授、並びに同大学未来文化研究所所長。

童話的想像力と美学的省察の詩人

韓《ハン》成禮《ソンレ》

宋燦鎬の詩は、優れた想像力を土台に日常的な空間概念と陳腐な言語体系を覆して、童話的な世界を創造している。

閉ざされた空間という四角のイメージを通して、死を探求した第一詩集『土は四角の記憶を持つ』(一九八九)をはじめとして、言語の純粋性の回復と拡張を描いた『十年間の空の椅子』(一九九四)、地上の全ての存在に言語的な生命を与えた『赤い目、椿』(二〇〇〇)、巨大な文明の威力に立ち向かって批判的な姿勢を見せる『猫の戻ってくる夜』(二〇〇九)、新しい象徴と美の復元を通して古典的な品格を披露した『桃色のナマクシン』(二〇一六)、忘れ去られていく生の様々な風景を映像言語で解き明かした『冬の旅人』(二〇一八)という六冊の詩集によって、宋燦鎬は存在についての省察と美学主義の衝動を通して、詩的緊張感を見せてくれた。

第一詩集『土は四角の記憶を持つ』が出版された時、「宋燦鎬は一九九〇年代の詩的兆候」と称されるほど、韓国詩壇に新しいパラダイムを提示した。当時、同時代の多くの若き詩人たちが社会派的な詩を書いていた時、彼は世界と事物に対する新しい言語で錬金術的な想像の世界を創造した。それは、独特で新鮮な世界だった。

彼は他の詩人たちの詩や意味論とは全く異なった「死」に関する詩を描き出した。それはまさに、想像力の力だった。宋燦鎬の詩の新しさには、事物と認識に関する幾何学的想像力が融合している。

第二詩集『十年間の空の椅子』では、自我と世の中の間の緊張関係の中で、欲望と充足の間の葛藤を表現した。

第三詩集『赤い目、椿』では、詩人自身の宿命が椿に投影されている。擬人化された椿は自然の花でありつつ、隠者であり、経典である。このように自意識と詩的言語の本質を通して、彼は新しい存在論的思惟の視野を拡張した。

第四詩集『猫の戻ってくる夜』では、商業化された子どもの童話をひっくり返しながら、大人の中から童話を探し出し、自然と文明の廃墟を暴き出した。

第五詩集『桃色のナマクシン』では、従来の枠から外れた象徴によって純粋さと非純粋な存在を模索し、現実につながる道を探っている。

第六詩集『冬の旅人』では、ディカ詩（＝ディジタルカメラで撮った写真と詩）という実験的な詩の世界に挑戦している。ディカ詩とは、韓国で生まれた新しい詩のジャンルで、活字媒体を追い出して、映像媒体が主なコミュニケーション方式となったソーシャル・ネットワーク・システム時代に合わせて創造された詩の形式である。文字言語から映像言語への拡張である。自然と事物から捕捉した詩的形象を、詩人がディジタルカメラやスマートフォンに収める。ディカ詩の基本原理は、すでに与えられた写真や映像に詩的な感性を書くのではなく、撮影の前に自然や事物から詩的形象を発見し、そこにカメラのシャッターを押すのである。映像と文字が出合い、互いに相手を補完し合って、一篇の詩として完成する。ディカ詩は今回の宋燦鎬日本語詩集を通して、日本に初めて紹介されるのである。

宋燦鎬は大学を卒業した後に一年ほどサラリーマン生活をおくったことがあるが、都会生活が性に合わず退職し、故郷に戻って現在まで農業を営みながら詩を書いている。農村生活の中で生まれた宋燦鎬の詩には、童話の世界が広がっており、草・花・木・鳥・蝶・動物などのような自然が主な主人公である。

童話的想像力と美学的省察によって編まれた宋燦鎬の詩が、日本の読者たちによって広く愛読されることを願う。

■著者プロフィール

宋燦鎬（ソン・チャンホ）

1959年、忠清北道報恩郡生まれ。慶北大学独文科卒業。

1987年、《我らの時代の文学》に詩「便秘」などを発表して文壇デビュー。詩集に、『土は四角の記憶を持っている』(1989)、『一〇年間の空の椅子』(1994)、『赤い目、椿』(2000)、『猫の戻ってくる夜』(2009)、『桃色のナマクシン』(2016)、『冬の旅人』(2018)、児童の詩集『夕の星』(2015)、『緑の兎会った』(2017)などの著書がある。

2000年、第19回金洙暎文学賞と東西文学賞、2008年、第8回未堂文学賞、2009年、第17回大山文学賞、2010年、第3回李箱詩文学賞、2017年、第3回ディカ詩作品賞、2019年、第7回詩と思想文学賞と第17回エジ文学賞を受賞した。

■編訳者プロフィール

韓成禮（ハン・ソンレ）

1955年、韓国全羅北道井邑生まれ。世宗大学日語日文学科及び同大学政策科学大学院国際地域学科日本学修士卒業。1986年、『詩と意識』新人賞を受賞して文壇デビュー。詩集に、『実験室の美人』、『笑う花』、日本語詩集『柿色のチマ裾の空は』、『光のドラマ』、人文書に、『日本の古代御国家形成と萬葉集』などがある。1994年、許蘭雪軒文学賞、2009年、詩と創造特別賞（日本）受賞。宮沢賢治『銀河鉄道の夜』、丸山健二『月に泣く』、東野圭吾『白銀ジャック』、辻井喬『彷徨の季節の中で』など、韓国語への翻訳書と、特に、日韓の間で多くの詩集を翻訳。詩集では、鄭浩承詩集『ソウルのイエス』、金基澤詩集『針穴の中の嵐』、安度眩詩集『氷蝉』などを日本で翻訳出版し、小池昌代、伊藤比呂美、田原などの詩人の詩集を韓国語で翻訳出版した。翻訳書は日韓で200冊あまり。現在、世宗サイバー大学兼任教授。

詩集　**赤い豚たち**　붉은 돼지들

2021年2月4日　第1刷発行

著　者　宋燦鎬（ソン・チャンホ）
編訳者　韓成禮（ハン・ソンレ）
発行者　田島安江
発行所　株式会社 書肆侃侃房（しょしかんかんぼう）
〒810-0041
福岡市中央区大名2-8-18 天神パークビル501
TEL 092-735-2802　FAX 092-735-2792
http://www.kankanbou.com
info@kankanbou.com
ＤＴＰ　黒木留実
編　集　田島安江
印刷・製本　株式会社西日本新聞印刷

ISBN978-4-86385-441-3 C0098